Mar Paraguayo

Wilson Bueno

MAR PARAGUAYO

Edição crítica e comemorativa organizada por
Douglas Diegues e Adalberto Müller

Estabelecimento de texto
Adalberto Müller

Pesquisa iconográfica
Luiz Carlos Pinto Bueno

ILUMINURAS

Copyright © 2022 *desta edição*
Editora Iluminuras Ltda.

Copyright ©
Notas lançadas ao Mar Paraguayo © 2022, Adalberto Müller; *Pequena história bibliográfica de Mar Paraguayo* © 2022, Douglas Diegues; *Imprevistos da vida, torções da linguagem* © 2022, Adrián Cangi; *A subversão das aduanas* © 2022 Reynaldo Jiménez; *Paranalumen* © 2022 Andrés Sjens.

Copyright © *das traduções*
Imprevistos da vida, torções da linguagem © 2022, Bernarda Acosta
A subversão das aduanas © 2022, Douglas Diegues

Capa e projeto gráfico
Eder Cardoso / Iluminuras
Sobre *Lo difícil es pintar el vento* (Homenagem a Wilson Bueno), gravura sobre papel, 29,5x21cm, Douglas Diegues, 2022. Contra-capa, foto: Nelson Farias de Barros

Revisão
Monika Vibeskaia
Editora Iluminuras

CIP-BRASIL. CATALOGAÇÃO NA PUBLICAÇÃO
SINDICATO NACIONAL DOS EDITORES DE LIVROS, RJ
B944m

   Bueno, Wilson, 1949-2010
      Mar paraguayo / Wilson Bueno ; edição crítica e comemorativa organizada por Douglas Diegues, Adalberto Müller ; estabelecimento de texto Adalberto Müller ; pesquisa e iconografia Luiz Carlos Pinto Bueno, Douglas Diegues . - [2. ed.]. - São Paulo : Iluminuras, 2022.
   194 p.

   ISBN 978-6-555-19173-8

   1. Romance brasileiro. I. Diegues, Douglas. II. Müller, Adalberto. III. Bueno, Luiz Carlos Pinto. IV. Título.

22-80155   CDD: 869.3
                              CDU: 82-31(81)

Meri Gleice Rodrigues de Souza - Bibliotecária - CRB-7/6439

EDITORA ILUMINURAS LTDA.
Rua Inácio Pereira da Rocha, 389 – 05432-011 – São Paulo/SP – Brasil
Tel./ Fax: 55 11 3031-6161
iluminuras@iluminuras.com.br
www.iluminuras.com.br

Sumário

Sobre esta edição, 9

MAR PARAGUAYO

SOPA PARAGUAIA, 15
Néstor Perlongher

noticia, 21

Ñe'ẽ., 23

Añaretã., 78

elucidário, 80

APÊNDICES

Notas lançadas ao *Mar paraguayo,* 89
Adalberto Müller

Pequena história bibliográfica de *Mar Paraguayo,* 117
Douglas Diegues

    1. Las primeiras olas, 117
    2. Las segundas olas, 118
    3. Las terceiras olas, 119
    4. Fontes literárias, 121
    5. Fontes paraguayas, 122
    6. Fontes guaraníticas, 124
    7. Palavras marcadas por Wilson Bueno em seu diccionario
        Guaraní-español / Español-guaraní, 126
        Guaraní-español, 127
        Español-guaraní, 130
        Guaraní-español, 136
        Español-guaraní, 137
    8. A primeira edição, 138

9. Edições chilena e argentina, 140
10. Edição mexicana, 142
11. Edição norte-americana e francesa, 145

ALGUMAS LEITURAS

Imprevistos da vida, torções da linguagem, 153
Adrián Cangi

    Imprevistos, 153
    Inferno, 161
    Amor, 166
    Linguagem, 170

A subversão das aduanas, 173
Reynaldo Jiménez

Paranalumen, 177
Andés Sjens

BIBLIOGRAFIA

    I – OBRAS DE WILSON BUENO, 185
      Em tradução, 187
      Produção editorial, 188
    II – SOBRE WILSON BUENO, 188
    ENCENAÇÕES, ADAPTAÇÕES E AUDIOVISUAL, 191

Sobre o autor, 193

SOBRE ESTA EDIÇÃO

Este livro é uma edição comemorativa dos trinta anos da publicação de *Mar Paraguayo* em 1992, por esta editora. Trata-se de um livro único em nossa literatura, haja vista o fato de que foi escrito numa língua fronteiriça — que se vale do português, do espanhol e do guarani —, e que, talvez por isso mesmo, foi republicado (sem ser traduzido) no Chile, na Argentina e no México (ver Bibliografia), transformando-se num caso raro de objeto literário transnacional não identificado.

Os leitores encontrarão nesta edição (na primeira parte) a mesma apresentação da edição de 1992. No entanto, o texto foi revisto em confronto com o datiloscrito original, e a ortografia dos termos em guarani foi uniformizada de acordo com critérios de transcrição usados no material bibliográfico com o qual Wilson Bueno trabalhou durante a escrita da novela. Os parâmetros usados para a transcrição e para a revisão do texto estão explicitados nas "Notas lançadas ao *Mar Paraguayo*", que abrem a segunda parte desta edição. Aí também os leitores encontrarão notas mais desenvolvidas sobre o uso que Bueno faz do idioma guarani, e sobre algumas palavras específicas, que abrem verdadeiros abismos interpretativos. Em seguida, na "Pequena História Bibliográfica de *Mar Paraguayo*", Douglas Diegues guia os leitores pelas praias e pelas ondas do *Mar Paraguayo*, revelando algumas das fontes de criação da obra, comentando as edições estrangeiras e iluminando alguns aspectos do processo de escrita de Wilson Bueno, além de apontar para os seus desdobramentos. Na terceira parte, apresentamos três leituras de *Mar Paraguayo* (por Adrian Cangi, Reynaldo Jiménez e Andrés Sjens) publicados originalmente nas edições argentina e chilena da novela de Bueno.

Com esse texto estabelecido e esse aparato crítico, acreditamos fazer jus ao autor paranaense que marcou o meio literário dos anos 1980 e 1990, e que nos deixou órfãos de uma literatura transgressiva, potente e iluminadora.

Os editores

Wilson Bueno

Curitiba, 1/ JULHO/91

Samuel Leon. Muito prezado.

Através indicação de nosso amigo comum Néstor Perlongher, um entusiasta deste "Mar Paraguayo" que ora te envio, ei-lo pois que aí vai, embora sofra muito em dar assim tão a público o que foi - até aqui, em quatro anos de trabalho de estiva - o meu maior trunfo de viver.
Levado por outros fanáticos del mar, o livro acabou nas mãos de Bentancur, de Porto Alegre, da Sulina, mas me parece, segundo últimas informações, que aquela empresa cessou o trabalho de edição, permanecendo apenas com a rede de livrarias. Não sei, não sei, as coisas todas, essas, apouquentam e nos diminuem consideravelmente a paciência.
O livro é difícil, experimental e acho que poderá levá-lo à falência e, portanto, pense muito bem caso o entusiasmo por este mar lhe suba à cabeça.
Segue, pois, para sua apreciação, este que considero o meu mais fundo trabalho e que já vem suscitando interesse aqui, na Oropa, em França e na Bahia.

Teu, Wilson Bueno

■ **nicolau**
rua ébano pereira 240
curitiba pr cep 80410
fone (041) 225-7117 r 52

* EM ANEXO, FRAGMENTO PUBLICADO DA NOVELA COM FUNDAMENTAL ESTUDO DO MAP PERLONGHER - PÁP 10 E 11 - EDIÇÃO SET 26

MAR PARAGUAYO

SOPA PARAGUAIA

Néstor Perlongher

A publicação de Mar Paraguayo, *de Wilson Bueno, coloca-nos diante de um acontecimento. Os acontecimentos costumam chegar em silêncio, quase imperceptíveis, somente os mais avisados os detectam. Mas, uma vez que se instalam, que tomam lugar, é como se esse lugar lhes tivesse sido destinado desde sempre. Tudo parece igual, porém, de uma maneira sutil, tudo se modificou. O acontecimento provocou uma alteração nos hábitos rotineiros, acaso nos ritmos cósmicos; uma perturbação que tem um não sei quê de irreversível, de definitivo.*

Neste caso, o acontecimento passa pela invenção de uma língua. A imitação e a invenção representam, diria Gabriel Tarde, grandes paixões (práticas) dos homens. Será que foi realmente Wilson Bueno quem "inventou" o portunhol (um portunhol malhado de guarani, que realiza por debaixo, na medula palpitante da língua, aquilo que o poeta argentino — ou, melhor, correntino — Francisco Madariaga invocava do alto de um úmido surrealismo luxurioso: gaúcho--beduíno-afro-hispano-guarani); ou, do seu altazor artístico, ele o pegou, o foi tomando de um ou outro trecho de conversa, banal, boba, com a cuia na mão e a "china" (ou a gringa...) passando o chimarrão, em cadeirinhas de palha, no quintal atrás da cozinha. Ele o foi pegando, em português e em espanhol (onde tem o sentido de "colar"), foi deixando que entrasse por um ouvido sem que pudesse sair pelo outro. Embora pareça surpreendente, Wilson Bueno tem algo de Manuel Puig (porque a sua escritura se baseia na conversa, ela joga conversa fora), e também algo de cronista, pois recolhe um modo de falar bastante difundido: praticamente todos os hispano-americanos residentes no Brasil usam os inconstantes, precários, volúveis achados da mistura de línguas para se expressar.

Essa mistura tão imbricada não se estrutura com um código predeterminado de significação; quase diríamos que ela não mantém fidelidade exceto a seu próprio capricho, desvio ou erro.

O efeito do portunhol é imediatamente poético. Há entre as duas línguas um vacilo, uma tensão, uma oscilação permanente: uma é o "erro" da outra, seu devir possível, incerto e improvável. Um singular fascínio advém desse entrecruzamento de "desvios" (como diria um linguista preso à lei). Não há lei: há uma gramática, mas é uma gramática sem lei; há uma certa ortografia, mas é uma ortografia errática: chuva e Iluvia *(grafadas de ambas as maneiras) podem coexistir no mesmo parágrafo, só para mencionar um dos incontáveis exemplos.*

Mescla aberrante, Mar Paraguayo *tem algo de* sopa paraguaia. *Tal prato não boia, como poderia se supor, na água do caldo: é uma espécie* sui generis *de omelete ou empanada. As ondas desse Mar são titubeantes: não se sabe para onde vão, carecem de porto ou roteiro, tudo boia, como numa suspensão barroca, entre a prosa e a poesia, entre o devir animal e o devir mulher.*

Em toda a extensão do frondoso Mar Paraguayo — *associável a um poema épico-escolar: "incomensurável, aberto e misterioso a seus pés", do romântico rio-platense Esteban Echeverría — a poesia nos espia, pula sobre nosso colo como um cachorrinho — o microscópico Brinks ora brincalhão, ora feroz. Poesia do acaso: ela sai, criticariam adustos escribas, como que casualmente, não há determinação na indeterminação... Cabe lembrar, por exemplo, que em espanhol* sin, *ao invés de "sim", quer dizer "sem", com o qual se retira da afirmação a sua existência. Algo infinitamente cómico espreita, do mesmo modo, na substituição de son (são) por* san *(santo).*

A comicidade desenfreada, não provocada, mas filha "natural" do próprio amálgama lingual, é, ainda, outra marca deste inquietante texto. Experiência de vanguarda, cabe compará-lo, talvez, ao Catatau *de Paulo Leminski (significativamente, também paranaense) e, mais além, mais ousadamente, a* Larva *de Julián Ríos: todos eles brincam com a língua, inventando ou reinventando-a. Mas se em Catatau há um fundo de alta cultura, que, a despeito dos desmoronamentos, destruições e reconstruções, impregna o subtexto, no livro de Bueno esse fundo é cômico (um riso patético, desgarrado), é a tragicomédia das misérias cotidianas encarnada nos deslizes dos idiomas, um quê de telenovela trágica que acaba mal ou não acaba... Claro que tudo dotado de maior densidade, espessa: pode até soar divertido, mas não se trata de nenhum divertimento.*

O mérito de Mar Paraguayo *reside exatamente nesse trabalho microscópico,* molecular, *nesse entre-línguas (ou entre-rios) a cavalo, nessa indeterminação que passa a funcionar como uma espécie de* língua menor *(diriam Deleuze e Guattari), que mina a impostada majestosidade das línguas maiores, com relação às quais ela vaga, como que sem querer, sem sistema, completamente intempestiva e surpreendente, como a boa poesia, a que não se quer previsível. E como o quilométrico cachorrinho da marafona guaratubense, que estica num quilométrico diminutivo (tomado, flor da terra, do guarani, cuja salpicada irrupção intensifica a temperatura poética do relato) a microscopia da sua grandeza, nos arrasta e seduz com o movimento da sua cauda bifurcada, como se fosse uma sereia fingindo ser manati, um manati fingindo ser sereia, e no fagulhar de escamas nos afogássemos, no êxtase iridescente deste mar vasto e profundo.*

Por último, como ler Mar Paraguayo? Aqueles que têm obsessão pelo argumento (que existe, mas é tão indeciso e emaranhado quanto a matéria porosa que o compõe) e deixam de lado o elemento poético das evoluções e mutações da língua, perderão o melhor, como esses leitores de romances melosos (mal) traduzidos que se contentam com o resumo mastigado. Mar Paraguayo *não é um romance para se contar por telefone.*

São Paulo, setembro de 1992

noticia

Un aviso: el guarani es tan essencial en nesto relato quanto el vuelo del párraro, lo cisco en la ventana, los arrulhos del português ô los derramados nerudas en cascata num solo só suicídio de palabras anchas. Una el error dela outra. Queriendo-me talvez acabe aspirando, en neste zoo de signos, a la urdidura essencial del afecto que se vá en la cola del escorpión. Isto: yo desearia alcançar todo que vibre e tine abaixo, mucho abaixo de la línea del silêncio. No hay idiomas aí. Solo la vertigen de la linguagem. Deja-me que exista. E por esto cantarê de oído por las playas de Guaratuba mi canción marafa, la defendida del viejo, arrastando-se por la casa como uno ser pálido y sin estufas, sofriendo el viejo hecho asi un mal necessário — sin nunca matarlo no obstante los esfuerzos de alcançar vencer a noches y dias de pura sevícia en la obsessión macabra de eganar-lhe la carne pissada del pescoço. No, cream-me, hablo honesto y fundo: yo no matê a el viejo.

>Y depués há el niño con sus duros muslos cavalo — la fuerza inventada del hombre en sus ombros y en la carne ossessiva del sexo con que ossessivo me busca y caça: yo, su presa y caçador.

Ñe'ẽ.

Yo soy la marafona del balneário. A cá, en Guaratuba, vivo de suerte. Ah, mi felicidad es un cristal ante el sol, advinadora esfera cargada por el futuro como una bomba que se va a explodir en los urânios del dia. Mi mar. La mer. Merde la vie que yo llevo en las costas como una señora digna cerca de ser executada en la guillotina. Ô, há Dios... Sin, há Dios e mis dias. Que hacer?

Hoy me vejo adelante de su olhar de muerto, esto hombre que me hace dançar castanholas en la cama, que me hace sofrir, que me hace, que me há construído de dolor y sangre, la sangre que vertiô mi vida amarga. Desde sus ombros, mi destino igual quel hecho de uno punhal en la clave derecha del corazón.

Ahora, en neste momento, yo no sê que hablar com su cara dura, rojos los olhos soterrados, estos que eram mis ojos.

No, no lo matê porque su vida se entranhava en la mia. No, fue la suerte, ya lo disse. Mi suerte advinadora de la esfera, bólide y cristal: antes de todo yo já lo via más muerto que la muerte.

Nasci al fondo del fondo del fondo de mi país — esta hacienda guarani, guarânia e soledad. La primera vez que me acerquê del mar, o que havia era solo el mirar en el ver — carregado de olas y de azules. Además, trazia dentro en mim toda una outra canción — trancada en el ascensor, desespero, suicidados desesperos y la agrura.

No tuve miedo del gran abismo de água e espuma. Lo mirê duramente aún que todo en mi era apenas una alegria de niña en el sol, yo que a este tiempo ya volvia, con terror e manchas blancas por los pelos, já volvia ya el Cabo de la Buena Esperanza.

Mi cuerpo que engordô por non salir de esta sala oscura onde traço el destino, melhor el dele, o deste hombre que mis manos acabaran de assessinar suavemente — con una disposición de cisne y sabre. Ô era el que acabava de morir?

Fue simples: solamente lo tomê desprevenido e con una, una sola distracción y el malo que era ser su atendente y obrigatória esclava, lo joguê al sofá con terror y susto — estranhamente mudo y en abrupta soledad. Ninguna gota de sangre para me poner en apuros, no, ninguna.

Prossigo el arte de la sortista, casa térrea con mangueiras en el jardin e sombreros por los quintales, sin hablar del sol, del rude sol mañanas, tardes y noches — el espantoso verano de Guaratuba quando se é diciembre e el mundo se pone de barracas y chicos por las playas coloridas pela tarde — esta pequena gran artista de las tintas del cielo.

A la noche tengo mi trabajo: no que me enamore, no, non es esto, lo que digo es todo um labirinto de aranhas que van teciendo en las quinas de la casa, mientras me perco frente al televisor assistindo a la novela de Sônia Braga — sus ancas que me ponen en arrepios toda la vez que aparecen en el video como se fuera la derradera disposición de una vida, mi vida, la vida — de viés.

Yo sê que muerto está, que muerto el viejo viverá para siempre acorrentado a mi pecho, lo nodoso recuerdo de su língua sutil a explotar-me con gusto, gozo y orgasmo.

Yo, a cada vez, soñaba más y más con Braga, esta Sônia de mi vida marafa, aquellos profundos negros ver-se, ver. Ah, aqui en el balneário de Guaratuba ninguno que hable, nadie, ninguém, mi idioma que no sea el demorado silêncio de las siestas calcinadas por el estio, con cigarras agônicas de cantar e pajaritos en las copas del flamboyant todo de risa con el verano, su risa de rubra florada, cerca de lo ibisco que me dije que já es tarde, que já es mucho tarde para morir.

Que idéia, que idéia la mia — já me esquecia, toda olvidada, de la única companhia que me hace decir, sin error: esto es concreto como el ibisco: mi perro, mi tiquito perro que atende por el ruído de Brinks e es tan pequetito, tan juguete-de-pelos, tan colita acima como se fuera una coma móbile y bifurcada.

Ahora es el drama. Añaretã. Añaretãmeguá.

Desde que es hecho estos climas de humo y ansienedad de la alma, de quien el hecho de viver asi, por entre copas y espinos, garras y los huevos tan hechos — como es hecho casi nascer — de los escorpiones que ya salen para esto mundo con su rude ferrón? Do que hablo, tan en circunloquios es del cabaré. Observo: acá uno se llega para supuesta alegria, a lá ô a cá la siempre inalcanzable felicidad, e se pone de risas contra las chicas, levanta-lhes las saias, mete los dedos en la cava de sus corpetes oferecidos. Nadie vive sin humildad. Ñemomirĩhá. Ñemomirĩ. En mi idioma nativo las cosas san más cortas y se agregan con surda ferocidad. Ñemomirĩ. Ñemomirĩhá.

Quando adentro a estos quadrantes del mistério manífico de existir, de que exista el pútrido, el sórdido, el luxuriante, quando me flagro asi, casi suprema, tornase unas quantas cosas dentro, cerca, de nuevo, del infierno. El existe — sobrado de incêndio y chama, lámpara en el fondo de nuestros ollos quemados.

Añaretãmeguá.

Tengo medo, tengo mucho miedo do que se puede, más adelante, ô daqui a pouco, acontecer. Puede que sea el milagro, puede que sea el abismo. Paraĭpĭeté es el abismo todo en el mar.

La verdade es que nunca no lo sê, e esto me pone pérdidamente medrosa, sin coragem siquiera para salir en la calle e passear mis leves vestidos longos, los colares, los braceletes y las madreperolas del brinco de orelha. Y el medo es una cosa viscosa que viene de dentro — devagar, postando sus patas-de-pelos, llegando, sutil, para te pegar, após em pânico, para te pegar — definitivamente — por las cordas del corazón. Hay quien, en nestos momentos, costumbre matar-se. Añaretã que se mueve. No há Dios?

En el cabaré, sento-me con el viejo, yo la marafona del balneário de Guaratuba, y el pede, de princípio, una copa de mineral, pero já saco en sus ollitos que tiemblan, ya saco que al viejo no lo interessa la más flanca proibición del médico, esto doctor Paiva, que viene a ver al viejo, una ô dos veces por la semana. Al viejo solo lo interessa que la noche sea borracha para caçar-me, para sacarme, a mim, despuês, en la cama, com su finitud llena de tremores y el sexo de total impossibilidad. El deseo en el contudo segue existindo como una pierna amputada que prosseguisse coçando. Añaretãmeguá?

Bajo el infierno solamente el infierno. Esto puedo decir sin medo de errar. Mi vida enferma, mi vida marafa de varizes y cicatrices. El relogio cerca la ventana, la cortina cerrada, tarde de estas noches de vino, yo en esta casa del balneário de Guaratuba y el silêncio rombudo rompiendo-se desplegando-se — gota a gota, pingo a pingo, insistente, recorriente, casi mortal. La dança bruja de las horas, ah que dança, señor, señorito, sin el alma del cururu, del cateretê, añaretãmeguá, la dança en la sombra, el error sin dirección de lo lúgubre, de las mariposas ô de la lluvia en los inviernos de mi niñez cativa de la lama, del polvo ô de las calles húmedas y de los pueblos sin suerte ni destino. Casa antígua. Mi tava, mi tavaiguá.

Uno se queda solo y ya es lo bajo añaretã. Uno se muere e todo se raspa al infierno. Uno se va, criolo vagabundo de los caminhos, rufión ô gigolô, e acá se pone, de nuervo de nuevo de novo el infierno. Añaretã. E se pegan sulcos en la cara e tus pelos se tintam de blanco, grisalhados, entonces también son las cosas del infierno. La piel de Dios, estas piedras: tupãitá.

El infierno, añaretã, existe y se pone contra el mar, el cielo, las mañanas tiquitas de sol y gorriones, mangueras flutadas, dulces mangueras, puesto que el infierno existe, añaretã, añaretãmeguá, e se basta a si próprio — con el arrostar de sus corrientes de hierro y hambre. Si, hambre de amor y afecto, mas hambre tan escandalosa que ya marcha sobre cacos de cristal — los pies desnudos y en carne viva. Yerobi. Es la dança en el abismo dos vocacionados a lo equilibrismo — me decia, hace mucho, en rude castellano, mi abuela argentina, cobrando-me el gusto amargo de una derrota, de otra cabezada ô de nuevo e nuevamente, de las cosas inexplicables del corazón. Su razón derecha ô esquierda? Que razón lo mueve, a esto músculo de carne y sangre y espinos?

No fuera mi vida marafa, el dia se poneria con la preparación del jantar a los niños, con la espera dulce de las madres que espetan a sus maridos, todas de repastito pronto con una abrupta flor de tomate cuchillada en la maionese, no fuera mi vida marafa e yo seria igual que las otras, igual que todas, a todas elas, estas señoras tan plenas de felicidad e que solo se socorren de los medicos, nunca de los siquiatras, solo se socorren de ellos quando su pressión arterial va a la casa de lo insuportable. Ah, asi de esto modo, es mucho difícil vivir. Ah, tecové, tecovembĭkĭ, tecovepá.

Por esto cruzo, às vezes tantas, cruzo con el movimiento de su existir que se acerca assim en desproposito, sin que honestamente lo aspiremos, a el, a el infierno de brasa e cutelo. El infierno, añaretã, existe e hay que encontrarmos uma manera fugidia e cantante de despistarlo, puesto que lo habita la víbora, mbói, mboihovĭ, coral coral mboichumbé, y temos entonces que despistarlo, a el que llega con uno apetito feroz, lo rugido, será tanto, será assim el silvo de los morcegos, morciélagos, andĭrá, oh, ni quiera saber que tontos, los oídos incapazes siquiera para escuchar, andĭrá, el sonido cambiable y modular de los morcegos que se avizinan, mensageros, morciélagos, de que lo se quiere por infierno e saiban, ustedes, que lo saiban todo, el infierno existe y es mucho inumerable. Hasta en el rosa de la rosa de la rosa, karai.

Quando lo joguê, a el viejo, al sofá, sonada y inemprestable, en nestos sonambulismos que me vitimam el calor excessivo, un gusto en lo vientre que enciende el mar, cuñá, cuñambatará, la brasa del sexo ferviendo por los pecados del verano, tĭegui, paraĭpĭeté, quando los atirê, assim, con casi amorosa carícia, no fuera mi silêncio, solamente mi silêncio, sin, si si si, mi silêncio, esto foi duro, porque lo queria, al viejo, com una voluntad mal discernida, pero lo amava, aquelle puro estertor de ante-coma de el que hacia murchar la flor, vieja cuñá, antes tan dura, de mis seios, y me cerrava numa clausura ni siempre con ferrollos ô grades, mas era como se fuera e yo me sentia decomponiendome en su ritmo fragíl, no, solamente lo coloquê ao sofá e quando fue cobrir su rostro, el acabava de morir. Parada cardíaca me disse el medico que llamê al teléfono, con requintes de urgência y miedo, añaretã, añaretãmeguá, com mucho miedo, los confidencio, a vos, lectores inventivos, más invenctivos que la invención de mi alma cautiva de estos derrames, de estos exageros de tangos y guarânias harpejadas dolientes in perfecta soledad a la margen de los lagos ô de las profundas montañas, a vos, que me decifrarón en outra dimensión, a vos confidencio: hay una duda, una gran duda, morangú, que me persegue por la casa e toda vez me pone, como já expliquê, me pone al rastro del infierno, estos momentos que existem, añaretã, añaretãmeguá, la duda por demás de íntima de que alguién o tenga matado, al viejo, no, no un accidente vascular, ni siquiera el cancer, que el cancer no mata de pronto, non, la duda reside onde reside esta certeza profunda de que alguién, alguién — un ente ô una serpiente — no importa, mas alguién e no la saúde que, pelas recentes invitaciones del doctor Paiva, yo, solo yo sabia, se ia mucho bien para un hombre de ochenta y cinco años y que somava mais unos quinze pelo que se estragara con mujeres, bebidas e enlutadas canciones de cabaré, el humo, el fumo, la anorexia, sin, lectores de mi corazón, alguién que fue el autor — o actor — da morte del viejo — esto traste que carreguê con sacrifício e surda ferocidad. Quien dice que lo matê? Pero aí comienza y no empeza el infierno, añaretã, la cosa añaretãmeguá de que hablo más do que refiro al viejo, en más alto grado, mucho más. El viejo, já lo dice, era un traste que hacia mi vida harta y farda. Ah, si, y farta.

Si, hablo del infierno, que siempre a mim me parece encarcerado hasta que todavia se amotine, y con invencible insensibilidad, el rompe las grades e se pone puerta afora, señor de los martírios y de las secas, de las grandes tempestades de langostas, tucú, langostas más bíblicas que toda la judea del mundo, tucú, esto mundo que raconto, morangú, fronteras de la muerte, e infierno, añaretã, que puede dissimular-se en uns ojos verdes, hovĭ, mboihovĭ, que te comem en la cozina, asi como los astros de la televisión, impossibles pero concretamente presentes y con quien muchas veces hacemos el amor, de ojos cerrados, solitariamente en la bañera del baño ô, entonces, como esto infierno, añaretã, añaretãmeguá, mi infierno, possuir a los astros y las stars y a todos los planetas del cosmo assoluto y también sobretudo su luna alvar, justo en estos ojos verdes que me recuerdan la canción tan lejos de mim, ojos verdes son traiciones, ojos azules ciúmes, ojos castaños leais.

El infierno es concreto como una pedra ante el sol: por el muchacho de Guaratuba descarrillê toda una rede ferrocarril, llorê noches y dias, ocultê mi dolor bajo el travessero del viejo, asi quando el se ponia, el, el viejo, un poco en coma — igual que se já no hubiera más. Por el tuvo mi cuerpo temblado en la cama, tan sinceramente enferma, tasĭ, tasĭ tapiá, que un chiquitito más y, tasĭ, tasĭ tapiá, me sobreviria la muerte, antiquíssima señora de mis poços de existir cerca del infierno, siempre rodando, añaretã, rondando por mi cabeza como un pecado oscuro e súcio de su propria inocência.

Mi temor de vivir no es como se fuera sola la soledad. Hay mis manos e todo lo que pueden sus infinitas capacidades, su fervor de matar ô morir, su encendido furor cerca de la muerte e sus águas, ĭtacupupú, chiã chiã, tiní, chiní, sus águas de pura agonia, paraguas, mar de perdas y de rumores, chororó, chororó, pará de naufragados deseos sin limite ni frontera, la cal de la tierra, la sangre pissada de los dias, ĭguasu, ĭpaguasu, ai que sangre pissada, tuguĭvaí, donde já las moscas, mberú, mberú, mberú, mberuñaró, las moscas e los besoros nocturnos del verano, ponen huevos de alvíssima blancura. Como la alba en el mar? Pará, paraná, panamá. Paraĭpĭeté.

Fue de la ventana que o avistê y lo despi de su bermuda florada, el que venia por la calle en frente, duras coxas, sus joelhos de caballo ao sol, sus diecisiete años que me juegan, sin piedad, en nesto mundo de aflición y unhas roídas con desusada inseguridad. No, no que me quede en las janelas igual que estas vizinas tão malas de la pressión, e ya un tanto viejas, mirandolo, a ele, a el tiempo que siquiera perpassa en esta rua de sombreros y flamboyants quemados de estio. Yo, cerrada en esta sala ainda asi lo vi que venia por la calle, sin que me visse, sin flagrar-me a devorarlo, señora de las dores, borrada de rouge y baton.

Que terror puede ser la beleza! Añaretã, añaretã-megua. De que monstruosidades y sinistro fascínio es un niño de duros muslos cavalo, a la diez de jueves en diciembre, do lado de lá da rua, bate bate pĭ'ámbareté, ô pĭ'á, coração e el bajoventre, tĭegui, tĭegui, do lado de lá instaurando la convulsión, tuguĭvaí, justo ali donde las vizinhas — con más frequência al poente — de costumbre nada vêem que a si proprias penando en nesta vida, siempre antes de la telenovela, al borde de la ventana enquanto los banhistas, con sus esposas gordotas y sus hijos inquietos, llenos de arena, lambuzados de mar y sorvetes con grandes crostas de caramelo, van por el, distraídos, por el camino. Tecové, tecové — mis ojos vão y vêem.

Solo sei que, más un pouco, era un perfecto animal, de pelo liso y negro, e oh, Dios, se me dou por inteira conta y nada abala mi certeza, tenia dos ojos verdes, mboihovĭ, mas tan duramente verdes que al menor instante, uno solo faiscado instante, me pareceran el proprio abismo en el mar, paraĭpĭeté, vertices, verdes, verdes asi hovĭ de una selvageria desnecessária. Me acerquê más de la ventana e descerrando con estudada indiferença la cortina, fue que lo vi mejor y total, total en su nudez porãité, porãitereí, de bronze, y sobretodo fue que lo vi que me via. Dolor y sombra y gusto vertiginaram ainda más lo que se vá murchando en el fondo de estas íris que ya me quieren apagando. Que hacer? No me familiarizam los oculos, se son para leer a las cartas, advinar la suerte, el porãitereí yo lo invento. Asi con el, muslo y carne, solo pude sentir a el áspero frescor de su cara rindo, si, todo se reía para mim — atônita — atômica? Devolvo, solo no sê como, todo devo ter lhe devolvido mi cara de espanto. Ah, taïhu, ah mboraïhu. Porenó en sus braços, porenó, porenó, mongetá.

El viejo era tan concreto e tan bueno, el viejo que no sei, sinceramente no sei, se le assassinaram mis manos ô fue la vida mismo que lo matô de chofre, súbita golpeada en su corazón flagíl, corazón de melón, melón, melón, ah pequetito viejo, tan moroso, pi'á, pi'á, yo no soy cuñambatará, perdona, viejito, perdona a nuestra humana insensatez. Solo fiz, já lo dice en segredo, y de público también, solo fiz con alguna ira, el silêncio, repito y acrescento — con mucho amor represado, solo fiz con alguna ira, solo fiz atirarlo al sofá, el que no queria salir de la cama, póstumo em Guaratuba, como se aqui, morangú, no hubiera el mar, estas playas pontuadas de guarda-soles fincados en la arena como se golpean los toros en uno estadio y carnes dispuestas como se fueran peças assiñaladas en los ganchos del carnicero, tuguĭvaí, tuguĭvaí. A el viejo no le gustaba el sol e tenia razón su piel que, al custo del menor descuido, se pegava de bolhas e el podría atravessar três noches incendiado, agônicas dolores que los analgesicos no bloqueavan. Tasĭ, tasĭ, tan malo. Ah, mi vida, tecové, tiní. La ruína de la materia es una cosa assombrosa! Dios que me lleve antes que empezen a ir al solo las derraderas tábuas de mi construción precária. No, no desejo ver desfacerme en polvo y huessos ossossosporosos.

Añaretã. Mi edad de hoy, esta que oculto con verguenza y miedo, esta já es demais e pone todas las cosas vanas y morituras, claro que de nuevo hablo, añaretã, hablo de que lo digo, señor, senhores, señoras, lectores, rosas, rosales, claro está, que retorno referir a el infierno. Y sei que mañana serê apenas un recuerdo, passage, quien sabe solamente en la memoria erotica del niño, esto muchacho de buço y esplendor, este que ahora está mirandome con esta curiosidad de los machos desabrochados, floración de nádega e mamilo, porãitereî, porã porã, y el sumo de sus espáduas, de su espada, porenó, porenó, taïhu chororó el sumo de su saliva ardiente, sabendo a chicle ô dropes mentol y su gusto, más que todo, su gusto de sal en los ojos estrellados, hovĭ-hovĭ, mboihovĭ, mirandome con el fragor que el sexo despierta en estos animales, dormido vulcano que se va a explodir, que se va a explodir, cuñambatará, en mi ofertada rosa de ossessión, la rosa de la rosa, lo entrepernas, oh Dios, que lo consinto.

Si, el infierno, añaretã, añaretãmeguá, existe e, creio, forçando certa honestidad, que el infierno a mi se afigura, acima de todo, el deseo de siempre y sempre más e mais amor — inquieta insaciabilidad que me completa nua llorando en la viuda cama de casal, tan larga, llorando la certeza sin duda de que un dia, un dia, un dia a gente se va a morir: tecové, tecové, tecovepavaerã.

Entonces es que pregunto a el biltre ô a el salitre, donde puede alguién descer a la cueva, en nestes terrenos, tapevaí, arenosos del balneário de Guaratuba? El viento, chororó, chororó, no entanto emudece respostas claras, chororó, chororó. Pero en los árboles no serena el vivo bruto, tecové, el vivo bruto de mi cuerpo marafo, cautivo, precisado. De que modo — sepulcro ô cantante — es morir? Morangú, morangú: pero antes que sobrevenha morir, y será mañana, yo cantarê, detrás de mi bolacristal, al sonido en oro de mis braceletes, me contarê, a lo primeiro feligrés, una fábula, morangú morangú, una fábula de amor, raconto, que sea sublime.

El pânico outono con frequência se avizina de las cercanias misteriosas de la muerte. Entonces es el infierno. Añaretã. Añaretãmeguá. Sinto asi como se sea uno apertar-se en solo assombro el abraço sofrezado de mi vida de errores y conveniências. Todos se rien en el balneário; secreta me oculto en los desvons otoños de Guaratuba. Hombres, mujeres, chicos nascidos, chicos por nascer, chicos que han de haver nascido, el pânico otoño de sus voces rascantes, el pânico de haver equilibrado, todo este tiempo, en el fio tenso y precipício de los equilibristas que no se dejan llevar por la medianidad. No que sea incomum. Ellos é que san ordinários por demás y burócratas se van tangidos pelo que se dá la máquina, lo Estado, los poderes constituídos. Me inscrevi asi en el corazón de los marginados, de los postos de lado y chutados das lanchonetes hecho perros vanos y baldios. Jaguara. Jaguará. Jaguaraíva. Jaguapitã. La muerte no es assim tan definitiva: muerte moral flagíl cristal. No, no me habitua que el pânico empeza donde empezan sus vidas llenas de vacaciones. Vacaciones de quê? Se se unham con palabras y bofetadas e uno que lleva la tapa acontece de que caiga al solo. Oh es terrible, es terrible como en la cosa acesa, el assombroso vuelo carnal y pelúcia de los morciélagos de las noches redebujadas de luna, andĭrá, andĭrá, andĭraĩmevá.

El susto es otra cosa, pero el pânico, ah como el pânico no há que exista. Y lo más curioso es que el pânico no existe. Es apenas, por mi mirada, la funda invención de nuestras cabezas tocadas de martírios y las circunvoluções del abismo. Ciertas instâncias son perecíveis como el viento, no existen, pero es como se existissem. Distinto de un árbole, de un párraro, distinto del mar aún que el mar suporte otros más fundos ô extensivos desaciertos. El susto es en exclusivo una breve idea do que sea el pânico esto polvo en polvo en pó puesto que no exista y es como si existisse, y quando se vá, es igual que no fuera jamás. Puro encanto, duro. Encantíssimo encantado. Que más hay por la imagem acción del hombre? El susto es el agudo espectro del pânico, una cosa asi como se fuera su íntimo fantasma, una cosa cerca de lo ante-ante-escabroso, el ante de los antes de antes. Los ancestrales y los mayores.

Escribo para que no se me rompam dentro las cordas del corazón: escribo noche y dia, acossada, acavalada, asi en el viento del balneário en la cadência triste de los invernos de ahora: el tiempo moviendo-se y las sombras úmidas de los sombreros, de marcha y espeto con la paisagem de la ruíta estragada de arena y sal. Pingam las goteras por el forro de la casa. Es demorado ali donde el bolor empeza a urdir su vida secreta. E para que dentro no se crien estos espácios onde se anda la muerte sin pressa como las tarântulas, escribo esto acá, derramado y lúgubre. Yo, la marafona sin nexo del balneário, cosida a el viejo — su más encantadora clepsidra, eponja agarrada a los restos-derrames del viejo. Se lhe acaba la sangre, también provavelmente irei extinta. El muslo flaco del pobre viejo anuncia todo, para mañana, su fin estrelado, pero a cada nuevo dia, la existência insistente del viejo desacredita que sea possível, a el viejo, uno contacto frontal con la muerte. Y se el no muere, nosotros parece que garantimos más un naco ni que sea pálido, más un naco arrancado con unhas y uivos, de esto escasso elemento a que chamam vida. La vida — causticante y feroz. Unos dias, tango; outros, puro bolero-canción.

Deseo el fundo de mi naturaleza tombada en nesto sofá, a las três de la tarde de los júnios del balneário. Olvido guaranis y castejanos, marafos afros duros brasileños porque sei que escribo y esto es como grafar impresso todo el contorno de uno cuerpo vivo en el muro de la calle central. No hay que tener nadie além del silêncio — estos vasos comunicantes, lo rubro de las venas, la víscera pissada, vozes y voces, latidos y ladridos — todo se dice y se completan vivamente. E — porque — las palavras, todas las palabras sueltas en el viento poniente — serán menos, siempre menos do que el martirizado adverbio inscrito en la historia. Soy mi propria construción e asi me considero la principal culpada por todos los andaimes derruídos de mi projeto esfuerzado. Se chegarê a mim? No sê y me persigo, de lo melhor modo: escribindome aún que esto me custe lancetadas en el ovário y el pulsar de una vena azul cerca del corazón.

E ahora yo gostaria de lhes recontar uno só y cabeludo segredo: toda me esfuerzo para erguer-me con las manchas y gran exércitos de hormiga, todos los sonidos silentes que hormigas dicen, comparando estos inofensivos insectos con el guarani que viene a mim, hormiga, tahĭi, tahĭiguaicurú, hormigas, chilreantes, tahĭi, tahĭiguaicurú, arĭrĭi, taracutĭ, pucú. Las hormigas de Dios enciendiendo-se en nestos crepúsculos de vierbos y sustantivos, en nesta enredada telaraña — capaz em mi, santa senhora, de decidir, con rude sentença, mi destino acá entre vos, seres ante-diluvianos. Si, porque yo nasço a cada rato del rato del rato. E serê hasta no ser más possible. E logo serei ali o que ya no lo sô más acá. Añaretâ es el infierno e acabamos sabendo que sus fuegos vigen solamente en el pasado ô en el futuro – no se cabe y no se sabe en el presente, añaretã, no se cabe ô sabe pelo simples fato de que el presente es la fonte de Dios Padre y solo cabe a El determinar o que hacer con los muertos ô que tarea a más para que la carreguem los vivos. En el passado, Assunción, Birigüi, Poconé, Campo Grande, no importa, la Coisa Imposta se precipitô con ojos de duro diamante e en el futuro parece espetar — sorriendo, tridente, lúbrico, señor de la peste, del horror y del agrura, a todo crasso ô a todo crápula, que solo existen para plantar aflicciones y cactos y sustos en el presente. Pero arranco de lo agora su inóspita carne e lhe degluto para que me devolva el mundo en miel. No, el guarani es inofensivo e me garfo com ele, toda mordida de tahĭis, tahĭiguaicurú, sílfides, aracutí, arĭrĭi, pucú. Hormigas aladas que me escolhem el canto da boca para penetrarme, insistentes, sus alas, la dança nupcial del abismo, sus revocdos al derredor de las fossas nasales, sus entrantes agonias, ah, el guarani amolece-me los huessos: tahĭiguaicurú, arĭrĭi, aracati, pucú, pucú.

como un juego-de-jugar: pimpirrota, piribela floral, loculho sierva, cincinati, abrolhos, carmencinda, madressilva, pirilampos, antanas bástistas, casamarilla, locos complutos, boludo lorgo, lacalheseda, amarelinhas, esconde-atrás, noclins ereiras, marcha adelante, los cantantes jugos de rueda, teresinas-de-jesus, las teresinas, entraçada gaucha, guapa glauchas, catatéicos, constreros, filíciquis, rosaes, oscuro misterio de fábula original, las tranças, las troupas, helicáreos rans, duncans, vitrinas, duendes, vagaus, pilvos conscentes, broquílides silfos, lunfens de lérias, lunfens vivaces, como un juego-de-jugar: el viejo contemplativo pero su duro mundo generalíssimo, la fuerza mortal, si, para ecudada estar-se en el poder del muslo ô en la sangue vomitada por las metralhas, senderos, lugos ribondis, la cara en pan, la cara en pano, la cara en pane, los ojos mortales detrás de los lenços guerrijêros, nenfas de lufas, então foi lo que no se podría mais, esto relato, sus lendas interiores, sus grados de rama, sus lenteles dárquicos, su ternura irremediable, dios, prados, adêlias, su andado de vômito, esto relato solo quer y desea sê-lo uno juego-de-jugar: como los dioses en el princípio, en el tupã-karai, antes del des-princípio de todo, los dioses y su lance de dados, su macabro inventar, oguerojera, esto mundo achy: como un juego-de-jugar: ñe'ẽ.

Recuerdas, vida, recuerdas: nuestra casa en Assunción, rios d'água, guarânia, y el viejo, non tan viejo como ahora, aún que flaco ô sobretodo por esto, ya solo el instinto movia-lhe la vida sátira y necessitada. Buscavame, después de la quinta copa de vino, súbito, flaco y arrogando naturalidad, empezava a cutucar-me de cocegas, y sabiendo que no las suportaba, batendo-me a correr, esto hacia el juego del viejo e yo me precipitava de la sala afuera. Su gusto y martírio: perseguir-me, casar-me, catar-me. Alcançando-me, o que siempre figurava inevitable, jugava-me ao solo (de forma alguma como tuvo de hacer con el contra el sofá), liso sinteco donde me estabanava, mariposa sôfrega, mientras el calcava los duros huessos de sus joelhos sobre mis braços fraquejantes, las roupas desatadas, toda la roupa, los primeiros estertores de su piel en mi piel, de su rombudo polegar y sexo en brasa tocandome en el todo que yo lo consentia. Colava su grande boca como se fuera aspirarme toda para su caliente interior. Si, havia sangre de la vena aorta por todos los poros del viejo. Ainda que yo, quando me satisfazia ciertos caprichos, de lojas y jóias, de regalos y reparos, yo costumbrava devolver-lhe en cuspo todo o que su língua ávida me ofertava en saliva con uno indecifrable saber a sêmen. Tripudiava e no se constituía aún esto traste que siempre espetê que morisse y no muere y por quien yo, pela enêsima vez, yo los digo y atesto: no fue yo que matê a el viejo.

Chovia. Las lluvias de júnio en el balneário. Densa névoa espessa, una pasta asi de muchos dias quando las chuvas demás empezam a empapar los quintales y las calles. Un evocar de hadas pelas ventanas: todo de bodas con el invierno, los sombreros se entreabraçabam numa orgia de hojas molhadas. Juro. Chovia hasta el huesso de su cara exangue, el oco vacío alli donde se perfilava su rastro en sombras, dibujo emaecido do que fuera en exhuberância, ya viejo, pero ainda concreto como la piedra e non esto en que se convertera al final y al cabo. Juro. Solamente, aflita de que lo sufocasse la respiración desenfrenada, o livrê de la manta, del aperto del colarinho e lo transportê de la cama para el sofá, aflita y un poco histerica y — por que no decirlo? — con una punta de oscuro odio por su persistência vegetativa e alheada. Su sonrisa de gratidón y afago, aún los ojos hablassen en fúria, su sonrisa no posso comprovar porque subjetivo e particular, mas puedo decir, con rude honestidad, el aún vivia. Después, y después es en notro tiempo, volviendo-me para sufocarlo con un tampón, já que eganiçava, de nuevo, en el diarreico deseo de tornar a la cama, solo pude conterlo en el sofá para perceber que, sin más nem porquê, el viejo ya convertiera-se en nueva máscara del viejo — ahora más contida y ainda que sus tiquitos ojos azules por la catarata abugalhassem fixos en el teto (ô en mis tetas?), por primera vez yo vi un cierto fulgor de decência en la cara desto viejo crápula que me ha arruinado la vida. No, no fue de sopetón que lo atirê de la cama en el sofá, mais ainda para conterlo, ainda que mis manos temblassen nesta demência que deve preceder a los assassinatos humanos — sea el suicídio-escorpión, sea la vaga-veneno del viento. Somente lo cambiê de assento e ya, la tarea de morir, propriamente dita, esta fue de exclusiva responsabilidad del viejo. De boca cheia puedo alardear, mismo que no se importen comigo: no fue yo que lo matê, a el viejo.

A veces todo lo que siento es sobre, sobre la cama que fue nuestra, mia y del viejo, antes de su — fatídica — transposición para el sofá, vieja cama nogueira de trabalhado remate y donde yo preguê à cabeceira la santa imagen de Nuestra Señora, siento asi sobre la cama, como se todo estivesse prestes a lo escombro y a lo áspero assombro de no poder sustentar aquel inetancable deseo de llorar, voluntad que empeza con un sonho de nostálgia, todo ontem y música y esplendor e esmiuça-se por los príncipes desencantados — passo-doble, torêro, epanhol. No, constato, nadie me fue dado, nadie tuvo se evito de las cartas el lúgubre naipe del viejo y su findante conclusión. Ninguna cintilación que no sea esto mural acá de grito y pânico y unos estudados errores. La vida mismo, esto terreno de urgências y agruras, esta, Dios de ela me ha apartado, sobretodo de su sumo argênteo, ali donde pulsa esto sintoma, más que malestar, apelidado por la gente con lo etranho nombre de alegria. Ya no sê también se en ela vive la felicidad — abismado sentimiento hecho por el terror de lo êxtase, la renunciación, assunciones y el canto-coral con que la gardênia impuso a el jardin esto aire selvagen y en desassossego.

Se argumentan con los ruídos del niño y sus epalhafatos, como sendo esto una felicidad, no me convenço, principalmente después que el se vá, dobrando la primera equina de la calle, só lo veo su espádua y nádega, el torso, la crina-cavalo de negro esplendor y ya no sê o que es una buena gargalhada, lo flanco fluir de un corazón apacentado y las copas sozinhas, solo estas, jenas de vino, acalientam-me lo estômago y un poco la alma fria. Es que siempre quando el se vá, el niño, es como se no volviera jamás e non que yo delire necessitada y triste, ninfômana insaciable, no, la verdad más crua es que el niño afirma y jura y treme, peremptório, que no vá más que nunca más haverá jamás de retornar porque yo, leio en la entreliña, niño, devo causar-lhe la rejeición assoluta del nojo y del miedo.

En el quarto con el viejo — que ya no enxerga más — torno a borrar-me todo el rosto con el rouge y el batón. Quedo-me horas passadas frente a el espelho, borrando-me, tintando-me, de brincos y balangandãs, la ráfia peruca, la boca ecandalosa, enquanto hesito entre comprar ô no comprar perfume nuevo pois ninguna certeza me garante que el olfato del viejo tenga decrescido. Las águas, los cheiros, las colônias paraguayas, casi todas, el viejo cheirava y quanto más asi lo hacia, más promíscuo y devotado a el sexo — el sexo del viejo, viejo si, más non tan viejo como hoy, sin hoy sin, que ya no sea más possível. Contento-me, asi, con el desodorante coty y el viejo sigue dormindo, de boca abierta a los roncos por los nasales, olvidado de todo o que sea esto acá inundado de eponjas, bases, colores, carmines. La máscara de la marafona, esto rosto que veo en el espelho, es una cara asi cerca de los quadros cubistas ô de los radicales abstracto — la viva mancha de una face que se mira e ya no se compreende. Se el niño me visse deste modo e feitio, correria ebaforido como se acabasse topar uno pânico epantalho. Y el viejo, se volveria a ver, cospiria en mi cara su colerica gosma de impotente venganza. Los mismos ojos que apesar de la sonrisa, se fixaram rudes en mi, íris a íris, punto flechado a punto flechado, quando, con esfuerzo y irritación lo transportê de la larga cama para el sofá onde yo podria porlo, si no hubiera morrido, perfectamente sentado.

Suruvá es el alma-palabra convertida en párraro: estos vuelos, mis cardinales, lo pio en água del suruvá en soledad, puesto que aprisionado en lo duro ser de un ente grafado vivo en la ayvu, dulce dolores, martirizadas por la garganta trêmula de los demasiado humanos

— palavra-pássaro demudada en alma, suruvá fremui matinal por las jornadas de la aurora, la mar y la higuera, suruvá es mucho do que digo y un poco más do que me dicen las cosas que van por mi, por Brinks, por el viejo y sobretodo por el niño — esto socavón y encendiado relâmparo que me puso de cara ante el destino, ya que el viejo moria y yo, y yo necessitaba vivir, mismo que esto arrojasse la muerte en el huevo y suscitasse en su cuerpo enfermo la solución terminal. Se esto es verdad, secretamente concluo que el viejo matou-se en mi e, rogo, no fue yo que lo matê, a el, a el viejo.

: cerrada la compra de panes, pañuelos, gases y injeciones, que me tomam ebaforidos instantes en la botica, uno que outro entardecer acá me siento, en nesto sofá diagonal a la ventana, e al sentar-me é casi como se toda me desabasse demoronada: unos retertores en la entraña: el sol crepúsculo entreteciendo-se de úmidos cambiantes: epácios de onde ya pueden mober-se las ocupaciones cerimoniales de la luz y de la luna: por entre la copa de los sombrêros ô entre los duros vacíos de la higuêra que devastam de sombra y suspeición al entardecer del balneário: higuêra, côpa, sombrêros: la fala ancestral de padres y avuêlos que se van de infinito a la memoria, se entretienem todo habla y tricô: estas vozes guaranis solo se enterniecen se todavia tecen: ñandu: no hay mejor tela de que la telaraña de las urdidas hojas: higuêra: sombrêro: de sus urdidas hojas de pleno acordo, ñandu, de acordo y de entremeio por los arabescos que, sinfonia, se entreleza, radrez de verde e ave y canto, en el andamento feliz de una libertad: ñanduti: ñandurenimbó:

: acá me siento: ñandu: para urdir en el crochê mis rendas ñanduti: ñandutimichĩ: mínima florinha que se persegue con la aguja ni que sea el tempo pacientíssimo de unas dos horas: en estos pontêros, relôgios-de-sal, que van manchando-se de los colores cambiantes del poente se poniendo en los otoños de agora: acá ñandu: su opacidad de sentimiento: me siento: sinto: ñandu: canceriana mi verbo es sentir: me ver: ñandu: invierno más que otoño pânico otoño: ñandu: o que vá de secreta identidad entre estos dos cosas assolutamente distintas: arañas y escorpiones?:

: si, los escorpiones del corazón: ñandu: acesos te pegan, te pegan de todo — el bote ñandu ocurriendo mortal: sobrevivimos entanto: mismo pescoço-avestruz, ñanduguasú: enfiado en la arena: ñandu: ñanduti: telaraña: el crochê de punto a punto se contorciendose: corola: ramificación de pêlo y línea: lento anunciandose la florinha más florita: más michĩ: ñandutimichĩ: casi invisible: milacro: simulacro: ñandu: espejo de Dios: ñandu: mil alguna vez solitária ñanduti: la aguja como un

oscuro deseo de sangre y muerte: el viejo a cada segundo
más viejo: el niño: como pueden ser tan verdes, hovĭ,
mboihovĭ: los ojos del niño con su miríade de puntos
verdes haciendo la pigmentación: hovĭ hovĭ hovĭ: mi
desespero fue mayor que la noche ciciada del balneário
de Guaratuba onde me oigo morir: la marafona: como
una passagêra en este mar: la mar: paraná: panamá:
ñanduti que se compone de una lançada caçando a
otra laçada: el gesto siempre repetido de conducir la
linha desde la línea de la meada que a nuestros pés se
movimienta numa insatisfación de fio a suelta:

: el viejo dentro en poco grunhirá: la mordida feroz
de la naja no será tan medonha y oscura y casi mortal
como estos pânicos del viejo: apuesta contra la muerte
ô incensa la sobrevida?: ñandu: ñandutimichĩ: laçada
trenzada: más rápida que uno solo bater del corazón:
correr de dedos y laços y nós: nosotros: ñanduti: telaraña
casi evaporable: ñandurenimbó: mismo que el fio fio
y fio y fio por estos entardeceres modestos nunca que
chegue al cerne profundo: ñanduti: tan leves su laço y
nudo y todo y tudo: los grunhidos del viejo: para donde
siguen después de emitidos los errores del viejo?: más
leves que el ar y la montaña: ñanduti:

: mi desamparo seria menor acaso non houvesse a
estas horas tan y tantas, estos silêncios longos, diagonais
al abismo: la octaêdra florita de consistência imortal:
la persigo: la consistência: el nudo vivo: microscôpica

acentuación de que todo y qualquier puede embaralhar-se en una sola y mecânica agujada: fatal: la finco y finco: como quien espeta la justícia si tarda: un punto de finíssimo crochê: ñandu: ñanduti: ñandurenimbó: uno solo punto solitário e casi al lejo de la compreensión ocular ô humana: ñandu: puntos móveles: mijones mínimas a escapar del huevo por la línea fragíl de la telaraña: ñandurenimbó: evadindo-se mijones: hetaicoé: muchos de muchos mijones: ñandutimichĩ: ñandu'i: a la caça de la vida: ahora: heitaicoé: tendo de desarrojar-se todos hasta se consistan en arañas plenas: las patas: el cabeludo y horrendo ser que lento vai sobre la mesa e puede que adentre a la manga de su camisa: ñanducavayú: ninguno capaz de deter-lhe el honorable veneno: ahora mijones evadindo-se del huevo para povoar después mañana el patio y la cocina: aún que haiga los muchos y los mijones sigo sozinha: y después arañas son arañas: ñandu: ñanduti:

: las sombras van sutis por el piso harto de luces: el mosaico de los ladrijos que al viejo, antes de tan viejo, lo hacia feliz: los pés descalços pissando, pisandome, o que custara varrer, passar los panos: antes los estilhaços de cristal, en mi día más histerico, nunca tivessem sido removidos: cortariam-lhe el calcanhar de Aquiles y una sola vena que hemorrágica lo tornaria evaído: un ente assolutamente vacío de quién se há retirado de todo la essência: las sombras dibujan figuras de memória: egarçam-se asi hecho la telaraña: ñandu:

ñanduti: telaraña ñanduti: otra laçada y todo se me va adentro lo que no se vê: esgarçadas luces ponientes: el sol del balneário: nuevo otoño de nuestras desditas: la oscura herança de Dios: el viejo: pesado fardo: tan leves: esgarçadas: ladrijo y sombra: mosaico rendêro: un mundo adelante de nuevo nudo: la lanzada: fisgada imprevista que se instala sin que prevíssemos: añaretã: el infierno: lo que deseo: no, Senhor: lo que deseo es simples: ñanduti: minúscula florinha a componer-se de nuestras nuevas ricas artesanías: ñanduti: ñandurenimbó:

: el viejo, toda tarde que passa, se va a morir: gases: injecciones: pastijas de colores diversos: el viejo se vá, más una vez, morir: de lo sofá diagonal al cielo de la ventana no me quiero salir: estoy sentada: los cabelos casi que ocultam el trabalho crochê: tiquitito arpón en el extremo aguja: nudo: trança: laçada: lançada: nudo: trança: la tela cumprindo-se: inútil: un nada ainda: sin forma que lhe faça sutiã ô canción: puede llorar, puede sofrir: no, yo no la quiero verla a la sangre del viejo derramada: sutiã ô canción: el crochê apenas empeza: no lo sê como se va a morir: do que profundo o demolirá el momento terminal: ñandu: se de engasgo puesto que la tarde lhe confisque el aire: sea senão un suspiro: queda de pressión en el abismo: sangre de aorta interrompida: la cicatriz de los dias: muerto hemorrágico: septicemia: ô solo somente el passarito cansaço del corazón: no lo sê que se tece: entrenza: entrelaza: laçada y nudo: nuevos nudos: otras trenzas: tela de intriga: puede que sea mortalha: puede que sea calçón: ô vá: ñanduti: cobrir-me el sexo más íntimo: ninguno que pueda saber de pronto las fabricaciones secretas de la araña: ñandu: ñadurenimbó:

: hoy el niño me pôs a ouvir los rumores de la tempestade lunar: en el mormaço de la siesta, pressenti nítido y casi arfante que el chegaria: sombra y dibujo: ávida nádega: mamilos: duros muslos a cavalo: su contorno preciso: la paina castanha del pêlo: muerdo: remuerdo-me: ñandu: ñanduti: la aguja trabaja: crochê: caracol: curva: la línea: la linha: la araña: ñandu: todo el niño se acuerda em mi: y já me estremece un eriçar de piel y pelo: soy yo el enigma y lo alforje esfinge: hay que devorarlo a el siempre imprevisto: dibujado en la tanga su sexo ostensivo: mas sobretodo los ojos verdes contra la cara de risa y sol: lo tôrax en los embates del viento y del lamiento: a bailar en la siesta: sueño: soy su araña: álgebra: pronta jibóia: toda me enlambe su língua destra: todo lo unto de cuspo y baba: humores: suores: los miasmas: espasmos: la siesta me pone abrasado el útero profundo: el niño: súbita ñandu: puede que ponga su língua a lenta y me percorra: de los pies al cielo en luto donde vislumbro los rumores de la tempestade lunar: lábio premindo lábio: araña y grêlo: la dança de su boca: ñandu: el arpón de la aguja avança sobre la linha en trenzada línea: antes del nudo los caprichos de la meada: ñandurenimbó: fuerzo su cabeça contra mi boca: borro-lhe batón: el borrador: borrar la linha:

la siesta: mi grito: nunca olvidar el gemido que tuvo el niño antes de que todo y tudo se transformasse: telaraña, neblina y nuvem en los rumores de la tempestade lunar: de uno solo gemido mortal: mio y dele: la faca en fuego de su lanza: lanzada: punto: nudo: laçada: nudo: lanzada: punto: ñanduti: ñandu: la tela va aborrindo: las luces se pierden en el azul más nocturno: telaraña: ñandu: el niño mañana puede que retorne: puede que sea aún otra vez y nuevamente solo la projeción oblíqua de la marafona que apena: ñandu: espreita: esto niño que marcha por las piedras de la calçada sin sequer saber que sobrexisto: acá en el entardecer: sueño de sueño hecho la rubra capitulación de uno ente que solo puede verlo: a el que imponente marcha: dirección del mar: su gusto de concha y sal: teço y teço y teço telaraña ñanduti: renda: rendados: rendêra imaginación fabril: higuêra hora: iguana: ñandurenimbó: en la siesta: hoy en estos martes sufocados: miércoles medrados: après-midi: el fauno: tuvo a el niño a dentadas y mordidas: yo lo tuvo em mi ventre entrañado: ñandu: teleraña: ñanduti: solo el no lo sabe: y sigue en el mar su gusto y sêmen: ni el sexo há de tampar estos traçados: evaporable véu: ñanduti: transparência y luces: ñandu: ñandurenimbó:

Ahora es el agujero, el oco del oco del medio. No, no más las tintas de la sangre a llovisnar salpicantes y dolorosas desde el carpete a la sala, passando por todos los quartos, lo living, y demorando-se, demorando-se porque un poco más, en la varanda, alli onde el, el viejo, quedava horas sustenidas, con sus asmas y su taquicardia y, sobretodo, encojido a los límites de su melancolico corazón ya tocado por ochenta y cinco años. Yo que lo diga, yo que densamente sê como es la madriguera, la cueva, esto esgar abajo de la línea del infierno: el oco, el oco del ueco del medio. Buracos?

No voy a llorar, no voy me poner toda de pranto y soluçante y gelatina en lo travessero. Mas como, como proceder a la travessia? Es tan desencantable viver. De que altiva dignidad poderê sacar la aritmética que me indique, que me indique la dirección? No sê, solamente lo que miro al derredor es esto lento abismar-se del sol en el mar, suprema rueda de fuego y metal a la manera de una herida abierta en los pentimientos del cielo.

No hay silêncio más profundo, más mismo que el alto silêncio de la muerte ô de las estrellas, de que el silêncio de su ausência estellar, garrandome al pescoço, como una monstruosa forma de pulpo que te prendesse, lesma y repugnante, el corazón — todo nele enovelado — este siempre imprevisto sofrimiento que nos causan las pérdidas, las derrotas, el fracasso contumaz de una saudade sin volta e ni futuro.

Acá ficarê. La casa toda se va afundando en la noche de altíssimo otoño. Una que otra estrella ya está lá, fincada en el azul, nocturna y vesper, estrella, principalmente estrella. Los ruídos san pocos e toda una orquestración de cigarras en el cio a eles se sobreponen aún que vibre abajo la algazarria de su aflita estridência, un poco de todo lo que, corriente, se va en el mundo — passos, cicles, buzinas, el motor de las motos desenfrenadas de los muchachos que se ponen por calles y esquinas, desarvorados en lo feriado de la santa semana. Pequeno gran mundo del balneário de Guaratuba animado por los sofrimientos de Cristo. Ahora, por exemplo, sufre el mar la batida de sus ondas que, de acá alcanço ouvir, en nesta casa que la muerte del viejo me legô — assim como uno triunfo desnecessário. Lo mismo lo digo de nuestra conjunta corriente conta en el Banestado — en todo sentido, fundamental.

Lembro todo. Todo enovelo y narro y perdida ya no me encuentro en neste rostro que el tiempo fue demolindo — con crueza e sin piedad. El ueco del oco del medio no es propriamente el infierno más a el se acerca — con su movimiento desacelerado y en desacordo y lleno de todo que puede faltar a uno ser triste, asi triste como yo, en lo término de la picada, cerca deste mar que, en el fondo, bien en el fondo, no escoji para que mi vida desse nele — assim como se fuera una botilla náufraga.

Todavia aqui estoy, e acá es el mundo possible. Sueño con dulces moradas, aristocráticos perros de la raça dálmata corriendo por las pradarias de una gran mansión en los States, miragens, camiños a descubierto del delírio. Por que, por que no puede alguién llegar a la felicidade por estas sendas in techinicolor? Solo una cosa está acima de la duda: la muerte. Lo restante es todo ficción, dramas, televisiones, literatura.

No, no quisiera nunca imaginarlo a los pies de la mina, de la niña, sus encaracolados pelos, os de el que hablo, en oferenda prodigiosa todo su cuerpo de carne dorada en el sol, el sol de aquel diciembre melancolico de Guaratuba. Ni siquiera refiro su coxa y nádega, ni siquiera, en esto silêncio de ahora, recuerdo la manera exclusiva y el modo de su carícia branda hecha de jugo y temor y ânsia y vômito, pero siempre solamente mio, exclusivamente mio — la incontida voluntad con que, abiertas pernas, lo consinto. E hago que tenga mis seios en la concha de sus manos, la imperdonable flacidez que me pone hoy marafa y mañana los cubre de gusanos, a ellos, los seios, los inquietos gusanos que hacen, de voracidad y de hambre, la eternidad.

Si, la guria: casi impossível debujar, en mi corazón taquicárdico, ai que me muero, ai que tengo un súbito mal, casi impossible debujar lo que sea su boca entranhada en la boca de esta chica ordinária, que se va en vano por las playas, que exibe sus tangas ecandalosas y de resto vulgares, ai que ya deseo mi madre, ai que es intransponível viver, casi imposible debujar como su piel que es mi piel toda se eriçe por esta niña sin imaginación ô personalidad, que es apenas un cuerpo-de-miss y nada más. No se quiera saber como me enojam estos asquerosos tipos. Una mujer que sea digna de esto tratamento, solo se ya tenga la madura semilla en el ventre ô ya sea mordida por el escorpión vivo de la autêntica felicidad, tan sincera quanto mulherina, felicidad de útero y baba y goma y gosma. Y de los uivos del orgasmo.

No, lector, no vá jamais atrás de lo que chamam aparência: uno cuerpo-de-ninfa puede que se arda también en el infierno. Pero para el, para esto muchacho que me hace ganir de feroz amor e andar llorando por las calles de esto balneário, degrenhada, ojos fundos, mira que la se va la loca, atiren las pedras que ella es, más que marafa, putana, la sortista de mierda, mira que bruja, por el garoto mi ascensión y queda, todos los meses de la passión, calvários, cruces, espinos, esto que me incendeia con su cara ardente de sol. Aquela luz brutal del verano de Guaratuba. Como seria uno estar muerto bajo el suor y el mormaço? El viejo sabe de todo. Pero su corazón muerto nada cuenta.

Que es el amor? Una solitária rosa en el desierto? Ô el simples sentimiento odioso de que es impossible, de que es impossible uno vivir sin que caiga y se levante, sin que levante-se y se caiga de nuevo, recorriente, sombria compulsión de los devotados a lo áspero ofício de uno querer sin conta y sin frenos, de los signalados por esto que veo en las cartas y que es feito una sombra ô el espectro de la nuven y que acá en el mar de Guaratuba se pone, en una palabra, íntima del trueno, la palavra ilusão, artifício que cultivamos también para que uno no deje asi subitamente de sonhar. Seria, seguro, muy triste se la gente humana perdera, de golpe, la estranha inclinación que es error y dever, la ocupación de sonhar. Nadie se sustenta sin los vagidos y coleras y cielos súbitos escarlates del amor. A vos te digo: una fotonovela es bien más que foto y que novela — una fotonovela es la vida debujada en el papel, mas como duelen sus desatinos y desencontros y como no pasan de debujos los besos y la inevitable felicidad final. San cosas de la imaginación.

Una copa en el bar, atravessa, travessia, ya me quiero de núpcias con la muerte y comprome en lo contrabando un revolver-de-prata para mis momentos de pânico. Solo quiero a el silêncio mortal de las estrellas en el alto cielo de esto balneário de Guaratuba, si se acerca la noche y el mar se pone escondido por uno oscuro misterio. Nueva copa, de pronto me pongo a llorar y marchando calles, botecos, conhaques, equinas, sigo passeando, con dolor y sangre, el odio supremo de que esto chico ya no sea mio, ai mi santita de Guadalupe, sin su cara, su cuerpo, su sexo y la piel de las manos, sin ellos no alcançaré vivir, yo que vivo de suerte, solo Dios sabe con que terror es lo vislumbre del futuro, hace uno afundar, sin retorno ô remedio, a el antro del antro del antro de lo infierno. Nadie aspire entender, lector amigo, nadie ouse compreender lo que ya está traçado, a sangre, hierro y fuego en los sangrados del destino.

Mire que cruza la calle en su cicle con los colores del arco-íris. Dios mio, su pelo quemado por aquel diciembre, su piel infanta y adolescil, la curva exata de la nádega y su inominable victoria de existir, mire que me mira con su mirada verde, esto niño por quien me arrosté sin sentir que vivia entre los hombres de la tierra, me arrastê por calles e equinas de Guaratuba, el vasto mar lá tan adelante, como se fuera la derradera esperança de una vida que ya se quiere muerta, mordida de pez y alga y formol.

Cerca la ventana, yo senti, como un facto ô una tragédia, que el, que el ya era mio — desde antes del Dilúvio, antes aún que todo esto ya fuera traçado, su mirada cortante y vegetal, el músculo de sus braços y — o que yo no pudera prever ô prevenir — lo desarvorado incêndio que me provocô su nascente existir en estos anos que voy viviendo, a dobrar, travo amargo en la ceniza, quiero dizer, en la saliva, el cabo, el cabo-de--la-buena-esperanza.

Advinadora de las esferas, yo, la marafa de Guaratuba, solo yo sei o quanto me duele una saudade: llegô a mi que, en dissimulado alheamento, descansava en lo parapecho de la janela, mirando a el movimiento del entardecer, gente, pardais y tico-ticos, llegô a mi igual que alguién que llega para uno sequestro definitivo, sin vuelta ni possibilidade de fuga.

Y se quedó — para siempre — hecho un ente ô una serpiente.

En la primera hora, antes que me dissesse a que vinha, antes mismo de saber su nombre, edad ô sobrenome, el adentrô a la casa, con su bermuda florada, la camisa amarilla atada en sua cintura de joven caballo, y foi me tomando conta, primeiro de las manos, después de la boca e asi tan sucessivamente que ya nos vimos, los dos, nudos y desavergonados, comiéndonos con una voracidad felina y descrepante, con hambre de madre y hijo.

Después, mucho después, el cerrô los ojos y poniendo su cabeza-de-oro en mi colo, yo sentada en la cama, el se fez adormecer. Solo entonces fue que percebi: havia en el una urgência y su querer era apenas lo deseo desatado de los animales que empezan a vivir. Yo, más ingênua que sus diecisiete años, supus que aquella cara era la cara de lo que se convencionô llamar amor.

El viejo, que moriria a las siete de la noche, en júnio, mexia-se ainda en la casa e yo podria ouvir, con una nitidez epantosa, sus tosses, sus escarros y escárnios, el viejo, esto traste tan duramente amoroso que me llenô la vida e me puso dama-de-suerte por puro capricho, posto que el viejo a mi nunca jamais deixou que faltasse siquiera uno simples esmalte de unhas ô un balde de sassafrás.

No quis, con sinceridad, no quis saber ni mesmo del olor del viejo que impregnava el quarto-de-dormir como también los amargos olores tan característicos de los remedios y la atmosfera carregada de esto quarto de enfermo onde el niño de Guaratuba plantô en diciembre un sol de incandescente especialíssima naturaleza. Que el viejo, muerto, muerto se muera, esto traste que carreguê con una diposición de alguién que transporta un hombre ya muerto hasta la muerte, a el y a sus ochenta y cinco años e los otros tantos devorados, con rancor e mala-suerte, por la enfermidad, adquirida en los cabarés de Aquidauana.

Por esto vos regalo el Angel. Es tan cruel e tan mesquino que yo lo faça, assim como quién mirando-te en la cara se faça de inocente e com cuidado, con extrema cautela, solte, sin que percebas, no decote abaixo de lo vestido, sin que percebas, el supremo terror de três escorpiones que se enfalfinhassem en una lucha de vida ô muerte en su colo. Esto, esto todo asi, esto regalo que más vos faço, a ustedes que me lêem como quien secretamente se posta ante la fresta de una puerta cerrada.

Brinks: solo por ti mi pecho arfante se pone estremecido, só por ti y su cola mobile y titiquitita, coma argolada y casi sempre feliz. Brinks'i. En nesto momento que las copas urden el invierno del balneário de Guaratuba, e todo se pone de frio detrás de las cubiertas, sobretodo el viejo que en júnio se va a morir e por esto se pone a entornar a lo vino y a temblar, a temblar, como se entornara la muerte de uno solo golpe y gole — mortal. En estos momentos, es que me aperta acá en el lado esquerdo una lúgubre canción hecha de remorso, lo podrido veneno de la saudade y me pega, por todo el cuerpo, unas ganas de matar ô de morir. Quiçás, quiçás, quiçás. Chororó, guarará, chororó.

Brinks'imi: si, si, es contigo que hablo, juguete-de--pelos y atado a mi colo, de tal forma acojido, como se hubiera nascido exclusivamente para esso, su linguita destra, que tan marafas a veces, hein, Brinks, que dices, que dices tu? paraguayta cumple, como en las correspondências que, ahora, há mucho tiempo, no lo sê que es recibir. La marafona no tiene quien la escriba. Brinks'i. Brinks'imi.

Oh, Brinks'michĩ, Brinks'michĩ, es tan frio en nesta playa en la que caminas comigo, amiguito simples, testigo de tantos años ya, vos que se vá entrado en edad, porque viejo es solo uno, aquel, no, no, Brinks?, no, Brinks'i? No, Brinks'michĩ?, cosita titiquinita y fofa, focinhito de aguja, ollitos de botón y vidro, mi más pequeno serzito que se mueve, ah, como se mueve en la arena de esta calle úmeda. Carajo, Brinks!, de esto modo, de aqui para lá, por debajo de mis piernas, ah, Brinks'i, me enovelas con sus corrientes e más un poco estarê en el solo. Y se me quiebra un huesso? Y se san ossossoporosos? Pero tu inquietud, para un perro de casi diecisiete años (haverá más longevos asi que las tortugas ô los dinossauros?), ah, Brinks'i, es assombrosa, e solo esto me pone de nuevo de risas contra la vida.

No: tengo Brinks, Brinks'i, brinks'imi, Brinks'michĩ. Oh, nada te hablo, juguete amoroso y maternal de mi vida marafa, nada te hablo, querido, de como es frio en el balneário de Guaratuba sob el fog de júnio y el mar se pone como de vidro toldado por las lluvias. Brinks'i. Brinks'michĩ.

El muchacho no há más, solo el viejo persiste con su caceta amputada que todavia prossigue coçando, solo esto maldito viejo que carrego en las costas hecho una prisionera en el campo de concentración, Brinks! Y ya me olvido de que vivas asi diecisietes tan persistentes, já me olvida todo y empezo a llorar.

La misma venda de la equina en frente, Brinks, su fachada y la señora pálida que me vende una copa de conhaque, en los duros ollos de víbora el asco — el temor ô mismo la admiración que provoco en los nativos deste degredado pedaço de mar en Guaratuba del Paraná, a cada vez que saigo — bruja ô guru.

Nadie puede alcançar que es solamente, en nesto mundo de Dios, mierda, que es solamente la dolor sin cuenta que me dá reverlo, a el, a el en el enferrujado y solitário juego de bimbolin, donde el niño se mostraba con su agilidad felina y singular, lo pecho abierto como una fincada bandera de la beleza majestosa, la luna tatuada en el lado derecho de su torax, en pleno bar la luz de sus ollos vierdes, mboihovĭ, hovĭ, hovĭ, el, señora, el, puritana putana sin nexo de Guaratuba, es de el que hablo y recuerdo, si, de el, no me respondas hija-de-una-cadela-podra!, no me respondas, yo soy la suerte y el azar, si, yo soy, si, yo también soy la que enrraba los menores de diecisiete años, señora!, soy yo, soy yo, la marafona de Guaratuba.

Perdoname, Brinks, estos exclamados sonambulismos del corazón. Si, Brinks'i, Brinks'michĩ, nadie puede hacer algo de bueno ô de sueño por quien, igual que yo, en nesto instante, tengo comigo que todas las salidas estan cerradas. Brinks'michĩ. Brinks'michĩmi. Yo e tu camiñando que vamos, los dos, lado a lado, quién lo más preso en las corrientes del bajo-vientre? Quién más viejo que la tortuga?

Oh, Brinks'i, yo e tu camiñando que vamos por la estradita que va a dar en la playa del Prosdocimo. No, no adianta que yo cuspa en la pobre señora del bar, no adianta eganá-la ni rasgar-lhe la piel de su cara con mis uñas marafas tan de pantera, una cosa es la solución: marchar y marchar para aún nos lleve el viento.

Que sucia arena donde jugas y sonoro mijas con una felicidad infantil e llena de risa! Brinks'michĩ. Brinks'michĩmi.

Pero yo, quien soy yo?, sigo confusa, por el conhaque y la vida, la saudade del niño del verano en diciembre entranhada a mi assim igual que uno feto arrancado vivo a la profissión humana. Solo tu me entendes, solo tu, mi tiquititito Brinks, ojitos enternecidos de jabuticaba, orejitas vigilantes del silêncio, colita móbile. Brinks'michĩmíra'ymi.

Brinks'michĩmíra'ymi, alegrando de yo, oh inocência flagíl, emitindo en lo mercado de pezes uns ladridos tan flacos, Brinks, tan flaquitos y tiquititos como tu,

Brinks'michĩmíra'ymi, talquito Buldog, piezito de leche donde afundan biscoitos umedecidos, constantes, tu sabes, y las raciones especiales, Brinks, companhia, ruídos y mañanas. Brinks'michĩmíra'ymi.

Como puede uno habitar estos pedaços de arena y sal, Brinks, su dulce dulzura, se a va a cair la tarde, el fog de júnio es todo invierno y gris, el sol opaco, de lustre con los mobiles, lá por nuestra casa, yo lo sê, por nuestra casa empeza la ceniza a recorrir por el corazón, lesma la vida, por el corazón como um dúbio sonido triste. Chororó, guarará, chororó.

Pero acá seguimos, yo e tu, Brinks'i, aún yo no saiba o que es hecho de mi vida marafa, acá en esto balneário de Guaratuba tendo el viejo como un castigo. Mierda, cujones de mierda y espanto. Que espeto? Mi cuerpo en decrescimo, Brinks'imi, la tarde en decrescimo, Brinks'imich, la vida en descenso, Brinks'michĩmi, la muerte, ah, Brinks'michĩmíra'ymi, la muerte esta señora de sombra y danos, de negro pronta, esta señora de mis poças de existir ahora que el viejo se vá más a lá de que a cá, y sobretodo, se el niño abrasa mi ventre como uno sonho apodrecido de oscuro pecado. Que hacer? Brinks'michĩmíra'ymi.

Tu, solamente tu, en todo el universo que empeza aqui en el mar, michĩeteveva, solamente tu, un ente superior que dispensa las palavras, rabujento vez ô outra, pero siempre Brinks, caballito-de-ágata, pelotita de goma, Brinks'michĩmíra'ymi, coleras, delicadíssima corrente inox, nuestros passeos por Atlântica y Brasil, nuestras fugas hasta la imediaciones de estas casas Prosdocimo, tu trotar por la arena, tu pânico de las olas imprevistas, tu amistad ordinariamente apassionada. Brinksmichmichĩ, deseo fortuito de que la vida prossiga, de que la mañana sea un hecho de las vitorias del dia, hay que resistir y non entregar-se como se passa con el viejo, y sobretodo que yo, animalito, pelucito-raposa, y sobretodo que yo, colita en coma agil, el hijo que no tuve, Brinks, Brinks'i, Brinks'imi, Brinksmichĩ, tigrito, mi fera assessina, mi diminuto foxito-terriê con las patitas, oh Brinksmichĩmi, las patitas tan mínimas, micheteveva, casi invisibles, Brinks'michĩmíra'ymi, tan mínimas que más parecen as de uno brinquedito solo de unhas y caninos, Brinksmichĩmi, y sobretodo que yo, que yo, Brinks, Brinks'i, Brinksmichĩ, Brinks'i, que yo ya no puedo Brinks'michĩmíra'ymi.

Donde estás? Donde estuvo se tu no es más que la sombra en dibujo de la noche que va me pegando assolutamente sola, Brinks'michĩmíra'ymi, sin nunca haver tenido a vos, tiquitititíssimo, nadie non es, ni vos, ni la tarde, e yo, yo estoy asi tan sola: Brinks'michĩmíra'ytotekemi.

Esto há de tener el alumbramento de la água: borracha, extremamente bebida, unas copas de argênteo, otras de pura ceniza. Que farsa es esta en el balneário si a las três da tarde todo arde agoniado, abafo sin sol, la tarde caliente en brasa de Guaratuba, antes de que se desabe la Lluvia. Borracha si, bebida si, pero nunca con la hipocrisia pálida atraves de qual las señoras fechavam-se en sus lutos e el deseo de amar guardado en las cristaleras de onde moviam-se sus antepassados de bruma y foto y cal, dança do vidrio suspenso en los lavrados cristales desde onde vislumbra-se, aún que un rato, a gota suspensa de lo veneno fatal, translúcida en el borde de la taça — como el antiquíssimo anúncio de que vivir es una cosa assombrosa, e porque el calor sea mucho y los árboles encharcam-se de electricidad y todo el mar se desarrume dulce, esto mar, paraná, panamá, el cielo chumbo y ningun viento, yo borracha del tercer dia, adentro-me desnuda pela carne en água desto mar — tangido de olas com en las islas de los cuentos fantásticos, mar y mar, borracha confesso que he vivido, estas águas, yo imprecando contra la putana que se pariô la madre de la dona de la venda ô hablo ya del cornudo russo de la bodeguita onde casi sin falha empezo mis viagens etílicas ô quando menos pressinto, el término quase sin retorno de estas escalas por los íngremes, abismos, juegos de conhaque y blanca vodka assessina, uno que otro chope en el centro de la ciudad, yo aqui, nula y nuda, sin puncto o rato, con estas tetas que ya se acercan del vientre, Dios súbito me tomando el destino y por esto que resulto volumosa como grossa elefoa pero nunca que abandonê mis vícios neccesários e insubstituíbles en troca de estas cosas desatinadas de la estetica y del capricho, como de tomar desarvorada todas las copas alcoôlicas ou aquel otro mar — el niño con una fúria medêia y essencial. E — deplorable dicerlo — la meticulosa e cultivada irritación contra el viejo como se este me dissesse, traste, que yo seguiria vivendo, después del, pero con su ostinada venganza de que, a cada dia, fuísse me tornando la más marafa, la más bagulha de Guaratuba y en princípio sofri la muerte de las cosas, el peso, la mama suelta, más la muerte del viejo, en processo irremediable, a todo se sobrepôs, ecandalosa liderança que solo por mi e mis cuidados seguirira liderando e hasta el punto que yo podria. Fue con el fin del viejo asi igual que chapeles y cabezas. La verdad profunda es que siempre nos precisamos e se morir para el constituía dolor, para nosostros también no convinha — muerto, nuestra monstruosidad quedaria sola y alumbrada, e se moríssemos antes de toda su construcción final, no se sostentaria en aqueles derrames súbitos, e la baba ya — atestado assoluto de su regressión a el tiempo original. Marafa, si — quiero gritar a todos los pulmones, mi aire sufocado por las vapas de este mar, muda y nula, solo el peso de mi cuerpo deflagrado, batendo-me con las olas, y ya anteveo los relámparos y la fúria béstia del trueno tronante, la inquietud ferviente del mar, el cielo de siniestro fulgor. Es como el orgasmo, su cuerpo tocado y troado por la brisa caliente en nestas águas de augúrios y oceanos, borracha y de eriçados pelos, clamê por el, por el niño, para que yo lo possuísse más que el a mi, todas las ondas y todo el gusto marafo del sol — sêmen y água, bodas y crepúsculo, lo abraçaria hecho asi una madre grande y imensa madona macunaíma, índia, pajé, tupã, yo e mis tan locos esplendecientes puesto que con el, lo êxtase era en ênfase represado por el gozo del mar, muñeca de trapo, trepadora, yo la marafona del balneário, a vomitar por vos, que me pegaran sus diecisietes, vos que ha nascido de cara al sol, juba y ginete, pecado y pompa, sus muslos y músculos, su verde en los ojos, la serpiente, la serpiente, la serpiente. Nadie que nos flagre en esto encanto de sexo versus sexo, ancienedad contra la jubilosa sangre oscura de los que están, todos los que están, en neste exato momento, nasciendose para la profissión terrestre, movidos que sean solo por el incêndio de su adolescência de muertes y engaño. Mañana me cantarê una canción marafa de harpejos tristes como es la minuta chica eternidad se en el mar todo de pranto soy la señora soberana del niño — cerca su piel hecho la derruída ostra por la fuligen del tiempo y de los dias ante el ácido azul de estos cielos ecaldados, ahora en lluvia como se lacrimassem sobre el balneário y salvandonos do que sea la tragedia de no haber garantias de sobrevivir quando se tenga mucha sede. La água lume e yo, por el mar, voy borracha como se van las botillas náufragas y un mensage dentro.

Yo apena sê que vivir gasta y tento el viejo como la más exata constatación de esto destino triste, achy, esto tierra cargada por el mal y el karma, nuestra tierra hecha de desilusiones y espanto, dorida tierra calcinada por la angústia y la mala hora, esta aqui que casi me hace morir, a cada huesso de dia ô a los arremates del minuto y sus bordados secundos. No hay florir en nesto achy vale achy de achy lágrima achy. Meço el pânico de la vida por lo relogio, por todos los relogios con que vivir passa y anda y anda y anda y sobretodo gasta. Achy. El viejo, bien más que el niño, es culpable. Ochenta y cinco años, além de todo que no presenciê de su existência casi siempre sordida e flagíl. Ahora que el no va existir, que el no se va existir más, imagino a mi con una dolor de parto y madre, la dolor que duele ante el solo facto de prosseguir viviendo — como se no tuviera derecho a tal y tamanha regalia. Nuestro mundo, percebo, nuestro mundo es achy y ya se estiende por el infierno los tapes donde passarê a el aguyje encuentro, aguyje magico aguyje del nuevo encuentro de nosotros aún que otra vez. Quien sabe entonces yo dormirê mborayu, mborayu — silente e calada en el trueno del colo del viejo, hecho solo una paloma tiquitita y fugaz? No, achy, no, achy. Esto puede ser a veces lo insuportable. De aguyje a aguyje todo lo que me permitirê es el contacto simples con la carne en água del mar — tupã e no el karai del fuego que nos torna, otra vez, en explicables cenizas.

La fatiga de los metales, el huevo del huevo del escorpión, la espreita, la carne tácita hecho un jugo, la herança de los mayores, lo que se gasta, los anos, media ciudad, media edad, la calcinada travessia, el rio ferviente de los cinquenta inviernos, la cara oscura de la sangre exausta, los rines que ya no funcionan, la pressión arterial, la urtiga y la páprica, el cabo, el mar, el cabo, el mar, el facto y el cabo de la buena esperanza, los pérdidos en la rama, el facto, el arco del siniestro, los pálidos, el entardecer, nuestro quarto, nuestra casa, ñemomirĩ, la lámpara humílima, nuestra cama, el sexo amputado que todavia prossigue coçando. Y lo engasgo, todo el flácido, lo flaco, el ueco del ueco del medio, es todo a media luz. E peor: mañana yo terê de me cantar una nueva canción desatinada y, tal vez, me sentirê completa como san completas todas las estaciones de la Hora Aziaga.

Aquidauana, Dorados, Puerto Soledad, ciudades de rios y polvo, de huessos moles a las duas en punto de la tarde, siesta y fuego, febril nos assombra dentro una viscosidad imponderable, todo se suda y suga, todo se emblanquiça emoliente en uno estertor de intestinos desatados y más la derrota después de una côlica toda hecha de esgar y vômito, el árbol no se mueve de si, el gusto de sexo en la língua, la língua, el sexo en los múltiplos idiomas, ayvu, casi asi como una rosa deflorada, la muerte y el sexo nada hablan pero como esplendiente se siente — el ventre que se eriça, el troar sonante de la piel tocada de deseo y coma, el aire, todo el aire como se fuera, engasgos, una sede que no la sacia sequer la água y el miedo pronto de que, más un poco, el duro sol pueda secar a las calles donde imperam los prostíbulos ô los bares del cais — vacios y muertos desto cansaço por nadie y ningúem. Aquidauana. Que tristes, que melancolicos los demorados entardeceres encendiados y todavia mudos, nuestra casa de mujeres, currutela en la frontera, nuestros quartos sufocados, lençol y sexo y punitivo calor. Todo esto en neste tiempo, no olvido, se constituía en una espécie asi de destino — una forma de sofrer menos que Dios no los dá para solamente hoy compreender esta inclinación nuestra al martírio y al júbilo. Dos facas y dos gumes. Salva-nos siempre Su gran mano para que no nos afunde en la alma del definitivo cristal ô su caco eplêndido, en la escuma de sangre y vidro. Tinge-se rubro el mar. Paraĭpĭeté. Pará.

Añaretã.

El infierno existe e pode que sea el viejo y pode que sea el niño y principalmente pode que sea esta súbita Sônia Braga de mis dias marafos y entonces, mirando a el rasgado mar de olas y espumas de esto balneário del Paraná, casi me pongo a llorar posto que suele existir Brinks, precária negación del infierno con que tentamos driblar a la muerte, se non su única afirmativa.

Su rosto: non, non su rosto de muerto en el piso del baño, el súbito muerto que arrastê hasta el sofá de la sala, por lo puro juego (ô jugo?) de uno descargo de consciência, puesto que el viejo ya no era más, el rosto era de Braga tan constantemente en mi sueño marafo que por el, si, por el ya me venian deseos abruptos de mortandad y crímens. Por el viejo, juro al pie de Dios, yo jamais faria nada, nadie haveria de hacerlo, puesto que el viejo era apena la muerte que se va acontecer dentro de instantes e ya no necessita necessariamente más de nuestras manos.

Por el, por el rosto de Braga fue que comenzê a urdir esta etranha matança, perfecta como nunca se es perfecto quando lo que se pone en questión es la muerte. Llorarê más que una madre también por el niño, ahora que todo se enluta de esta sangreneria, vos entiende, solo vos me compreende, doctor Paiva. Mi mar? Mi mar soy yo. Ĭya.

— — —

elucidário

ACHY: a natureza necessariamente moral, finita e má do mundo, antes da Terra sem Mal.

AGUYJE: estado de graça que, segundo os guaranis, permite ascender à Terra Sem Mal, onde moram os deuses.

AÑARETÃ: inferno.

AÑARETÃMEGUÁ: infernal; coisa infernal.

ANDĬRÁ: morcego.

ANDĬRAĨMEVÁ: bando de morcegos; muitos deles.

ARACUTÍ: formiga voadora.

ARARĬRĬI: sinônimo da palavra precedente — formiga voadora.

AYVU: a palavra humana.

MBA: completamente; inteiramente; totalidade; plenitude; primeira palavra da segunda letra do alfabeto guarani, a consoante *mb*.

MBERÚ: mosca brava.

MBOI: cobra.

MBOICHUMBÉ: cobra coral; tornar da cor do coral.

MBOIHOVĬ: cobra verde;

MBORAÏHU: fazer amor.

BRINKS'I: em tradução recriada seria, na expressão do afeto da marafona: Brinksinho.

BRINKS'IMI: Brinksizinho.

BRINKS'MICHĬ: Brinksisinhinho.

BRINKS'MICHĬMIRÁ'YMI: Brinksisinhinhozinho.

BRINKS'MICHĬMIRÁTOTEKEMI: Brinkssisinhinhozinhoziinhozinhozinho. *Obs*: tamanha aglutinação de sufixos diminutivos acoplados ao nome próprio, Brinks, realiza em guarani o que só pode ser visto através de um microscópio, tornando a coisa diminuída, algo (quase) invisível; na sugestão do texto, o que não se pode ver ou o que efetivamente, no caso, não existe.

CATERETÊ: dança religiosa praticada pelos primeiros guaranis.

CHIÃ: ruído da água quando ferve; chiado de roda ou de peito, das vias respiratórias, o barulho do arfar.

CHINÍ: também expressa o barulho da água quando ferve.

CHORORÓ: murmúrio; sussurro; designação do ruído que a água faz quando placidamente escorre; o equivalente da expressão popular brasileira (para água), *chuá-chuá*.

CUÑA: mulher

CUÑAMBATARÁ: prostituta; mulher de vida desregrada.

CURURU: dança religiosa dos primeiros guaranis; o mesmo que cateretê.

GUARARÁ: ruído semelhante ao que produz a chuva ou a água que cai; som de enxame de insetos; barulho do cair estrepitoso das coisas.

HOVĬ: verde; também (curiosamente) designa o azul, o azul-esverdeado, ou vice-versa.

HOVĬ-HOVĬ: verdear; azular esverdeadamente.

ĬGUASU: mar.

ĬPAGUASU: sinônimo da palavra precedente, mar.

ĬTACUPUPÚ: água fervente ou fervendo.

ÏYÁ: divindade aquática dos guaranis; duende da água.

JAGUAPITÃ: cachorro vermelho, roxo ou púrpura; cidade do norte paranaense, próxima a Londrina.

JAGUARAÍVA: nome que se dá ao cachorro que não serve para a caça; vira-lata; cidade do Norte paranaense, com designação ligeiramente modificada — *Jaguariaíva*.

KARAI: 'profetas' que anunciavam, entre os guaranis; a necessidade de ir ao encontro da Terra Sem Mal; chama; fogo solar; calor; renascimento; se opõe (e se completa) a Tupã.

MICHĨ: pequeno; minúsculo; menor; sufixo que indica diminutivo.

MICHĨETEVEVÁ: ínfimo; super-ínfimo; coisa (quase) invisível.

MONGETÁ: amor; fazer amor.

MORANGU: lenda; fábula; raconto.

ÑANDU: aranha; também o verbo sentir e o substantivo *sentimento*.

ÑADUCAVAYÚ: aranha da família das tarântulas.

ÑANDU'I: aranhazinha.

ÑANDURENIMBÓ: tela de aranha.

ÑANDUTIMICHĨ: teiazinha de aranha; teiazinha de aranhinha.

ÑE'Ẽ: palavra; vocábulo; língua; idioma; voz; comunicação, comunicar-se; falar; conversar.

ÑEMOMIRĨHÁ: humildade.

ÑEMOMIRĨ: humilhação, humilhar-se.

OGUEROJERA: algo assim como desdobrar-se a si mesmo em seu próprio desdobramento; a dobra da dobra da dobra.

PANAMÁ: mariposa.

PARÁ: mar (em guarani arcaico); matiz de várias cores; policrômico.

PARANÁ: rio unido ou ligado ao mar; rio do tamanho do mar; rio que lembra o mar.

PARAGUAY: nome pré-hispânico de Asunción, capital do Paraguai.

PARAĨPĨETÉ: abismo de mar.

PĨ'Á: coração.

PĨ'ÁMBERETÉ: coração forte.

PORÃ: belo; bonito; formoso; agradável; a palavra funciona como adjetivo e advérbio.

PORÃITÉ: muito bonito; belo.

PORÃITEREÍ: lindíssimo; belíssimo.

PORENÓ: copular; ejacular; fazer amor.

PUCÚ: largo; alto e delgado.

SURUVÁ: mito guarani onde a palavra é convertida em pássaro.

TAHĨI: formiga.

TAHĨIGUAICURÚ: espécie de formiga, da classe das *Ecyton crassicorne*.

TAĨHU: amor

TAPIÁ: sempre.

TASĨ: adoecer; doer; sofrer dor; enfermiço; doentio; doença; dor; enfermidade.

TAVA: aldeia.

TAVAIGUÁ: aldeia natal.

TĨEGUI: baixo ventre.

TINÍ: ruído de água fervendo.

TECOVÉ: vida; pessoa; *persona*.

TECOVEMBĨKĨ: vida curta.

TECOVEPÁ: deixar de viver; entregar-se.

TECOVÉPAVAERÃ: mortal.

TUCÚ: gafanhoto.

TUGUÏVAÍ: sangue ruim; sangue pisado; sangue doentio.

TUPÃ: Ser supremo; se opõe a *Karai* (e com ele se completa) por ser o deus absoluto das águas do mundo, e do mundo mesmo.

TUPÃITÁ: pedra de Deus.

APÊNDICES

NOTAS LANÇADAS AO *MAR PARAGUAYO*

Adalberto Müller

As notas que se seguem acompanham de perto o texto revisto de *Mar Paraguayo*, bem como o "elucidário" que se segue à narrativa, e procuram dar aos leitores algumas pistas para compreender melhor o complexo trançado linguístico e conceitual que sustenta a fatura da novela (ou antinovela?). Em termos linguísticos e narrativos, Wilson Bueno caracteriza a personagem que narra a partir de uma região de fronteira, mais especificamente na grande região fronteiriça da Bacia Platina — que tem o Paraguai no centro, e que recorta o sudoeste do Brasil, o nordeste da Argentina, bem como parcelas da Bolívia e do Uruguai. A "marafona" que narra sua história (ou que confessa seus crimes de paixão?) está na praia de Guaratuba, mas é guarani de origem (ou de origem guarani). Assim, para ser coerente com sua personagem, Wilson Bueno lançou mão de uma linguagem mesclada, na qual o espanhol e o português se misturam e se confundem, e são atravessados e contaminados pelo guarani (g.) e pelo mbyá-guarani (ou guarani mbyá).

Não é, contudo, apenas o idioma guarani que atravessa o texto: antes, a relação arcaica desse idioma com as culturas dos povos ameríndios do tronco tupi-guarani, com a cosmovisão guarani. Um dos elementos fortes dessa cosmovisão é a consciência de um desastre originário — a perda da e ao mesmo tempo a melancolia de não reencontrar a Terra Sem Mal, a Yvy Marãe'ỹ. No *Mar Paraguayo*, essa visão desastrosa e melancólica e define o tom lutuoso e dramático da narrativa, um tom que se concilia justamente com o do barroco. Tanto com o barroco como "drama lutuoso", tal como descrito por Walter Benjamin, como com o neobarroco praticado nos anos 1950-1990 em toda a América Latina, sobretudo aquele que Néstor Perlongher chamou de *neobarroso*.

Com esse barro barroco e guarani, Wilson Bueno produziu esse jorro de linguagem que é o *Mar Paraguayo*.

Analisando mais de perto os manuscritos notas de revisão de Bueno, e o "elucidário", bem como livros de Bueno, pode-se constatar que o seu conhecimento da língua guarani era não o de um nativo, mas o de um estudioso tenaz. Mas, pode-se dizer também que Bueno era um "nativo à distância", e buscava entender sua ancestralidade na língua e na cosmovisão guarani. Suas obras de referência da língua e da cultura guarani foram o *Dicionário Guaraní-Español y Español Guaraní*, de Peralta e Osuna (1984), e *A fala sagrada: mitos e cantos sagrados dos índios Guarani*, de Pierre Clastres (1990).

É provável que, antes de Clastres, Bueno também tenha lido esse compêndio da cosmogonia mbyá-guarani que é o *Ayvu Rapyta*, de León Cadogan (1959) além dos textos de Bartomeu Melià (1986), ambos grandes intérpretes paraguaios do pensamento guaranítico.

Em 1988, quando editava o prestigioso suplemento *Nicolau*, Bueno publicou um trecho de um ensaio de Miguel Chase-Sardi (1988) sobre a religião guarani (traduzido por Josely Vianna Baptista), além de um canto mitopoético mbyá-guarani traduzido por Luli Miranda (1988), paraguaia e especialista em língua guarani, em conjunto com a poeta curitibana Josely Vianna Baptista. Antes mesmo, no número 2 do Nicolau, Luli Miranda já assinava um artigo chamado "Primeiras Luzes", no qual apresenta (com a colaboração da mesma Josely V. Baptista) um pequeno glossário de termos guaranis. No *Nicolau* 14, ao final do canto mbyá-guarani, há um pequeno glossário chamado de "elucidário", termo que Bueno aproveitaria no glossário de *Mar Paraguayo*. Conforme assinala Douglas Diegues (cf. adiante), Bueno também esteve em contato com outros falantes e estudiosos da língua guarani e com escritores paraguaios, entre os quais o poeta Jorge Canese, de quem Bueno publicou o importante ensaio "Paraguai: erro geográfico" no *Nicolau* (1987), e que esteve dando palestras e lançando livros na UFPR naquele ano. Jorge Kanese (como ele passaria a assinar) é, desde os anos 1980, um dos nomes mais representativos da vanguarda paraguaia, e de uma tendência de uso do *jopara* e do *jehe'a*, formas mescladas do castelhano e do guarani, típicas da linguagem popular — tendência essa que terá, sem dúvida, chegado aos ouvidos de Bueno antes da escrita do *Mar Paraguayo*.

Além da tendência à mistura, a língua guarani é historicamente recortada por várias grafias, desde a usada pelos jesuítas (em especial pelo jesuíta peruano Antonio Ruiz de Montoya, que publicou o *Tesoro de la Lengua Guaraní*, em 1639) até a grafia oficial usada hoje no Paraguai. A grafia do guarani usada por Bueno corresponde, em grande parte, à que aparece no supracitado dicionário de Peralta e Osuna, que segue, em grande parte, a de Montoya, na qual o *y* (6ª. vogal do guarani, cuja pronúncia lembra o *ü* alemão, mas é gutural) é grafado como *ĭ*, o *k* como *c*, e as oxítonas recebem acento agudo (mas: as vogais devem se pronunciar sempre fechadas). Algumas palavras como *ñandu* e *ñanduti* foram mantidas na grafia mais usada no Paraguai, conforme consta no original e na primeira edição. Essa grafia é a mais usada na Argentina, e é a que usamos aqui (p. ex., em *cuña* e *paraĭpĭeté*, em vez do g. *kuña* e *paraypyete*). Em alguns casos, como *ayvu*, *mborayu*, *achy* e *aguyje* (cf. notas abaixo), mantive a grafia do *Ayvu Rapyta*, já que se trata da transcrição do idioma mbyá-guarani. Sempre que necessário e possível, apresento a grafia do guarani paraguaio atual (com a abreviação g.), e de outros dialetos como o tupi, o mbyá, e o kaiowá (que no Paraguai é chamado de paĩ tavyterã).

Em livros posteriores ao de 1992, Bueno adicionou uma nota sobre a acentuação, deixando claro que se tratava de adaptar os acentos do guarani ao Português, e propôs o *î* no lugar do *y* guarani. Ocorre que assim, *poty/potĭ* (flor) se confunde com *potî* (limpo), pois, no guarani corrente, o circunflexo é usado às vezes para substituir o til (nas vogais). Já o uso do til sobre as vogais é outra questão. No datiloscrito enviado por Bueno à Iluminuras — que confrontamos com a primeira edição — o *y* do guarani vem grafado com um *ĩ* — era provavelmente o que a máquina lhe permitia fazer. No guarani, o *ĩ* é uma das seis vogais nasais, e não deve ser confundido com o *ĭ* usado por Montoya (e por Peralta e Osuna) para substituir o *y*. Assim, o *ĩ* que aparece no diminutivo *michĩ* de *Brinks'michĩ*, o cachorrinho da marafona, não tem relação nenhuma com o *ĭ* que aparece no *hovĭ* (= g. *hovy*), o verde-azul dos olhos do moço que encanta a marafona. Com doze vogais (seis das quais nasais), o idioma guarani pede uma atenção extrema a essas pequenas modulações vocálicas, que criam abismos de incompreensão para o ouvinte estrangeiro (mas é nelas que está o segredo da "prosa da prosódia/ da prosápia da poesia", como diz a canção "Mestres Cantores" de Wisnik/Tatit).

Enfim, as notas que se seguem poderão talvez servir de luz no caminho de quem quiser remontar às fontes ameríndias e transfronteiriças da novela de Wilson Bueno — a qual não pede necessariamente, numa leitura prazerosa, todo o aparato erudito que aqui apresentamos, mas que talvez, numa releitura, possa ficar ainda mais interessante, sobretudo para se entender o trançado linguístico-conceitual do texto.

Agradeço o auxílio valioso de Luiz Carlos Bueno, que tornou possível o acesso à documentação necessária para o estabelecimento do texto definitivo e das notas. Aliás o texto que agora se lê é resultante do confronto entre a primeira edição (Iluminuras, 1992), com um original datiloscrito enviado para essa edição, e com as notas de revisão que Bueno enviou à editora mexicana Bonobos para a publicação de uma versão de *Mar Paraguayo* (2006) que seguia textualmente, com exceção do "elucidário", a edição de 1992, Nessas notas, agregadas a um e-mail enviado ao editor Santiago Matías (26/01/2006), Bueno ratifica o espaçamento dos parágrafos que a Bonobos propôs, e que usamos aqui: "deu uma leveza e uma sorte de 'respiração' feliz para todo o texto". Também devo agradecer especialmente à generosa leitura do poeta/ etnógrafo paraguaio Gregorio Gómez Centurión, que iluminou aspectos relativos ao guarani usado por Bueno. Enfim, às minhas mestras e guias pelos ínvios caminhos do guarani e do kaiowá, Marcelina Recalde e Graciela Chamorro, e a Luisa Almeida pelo amoroso auxílio.

p. 15

O prefácio assinado por Néstor Perlongher (a quem o manuscrito do texto foi enviado em versão datilografada) foi traduzido pelo próprio Wilson Bueno, segundo testemunho recente de Jorge Schwarz e Josely Vianna Baptista a Samuel Leon. Vale observar que, ao final do texto, Bueno traduz o termo espanhol "novela" por romance, uma vez que esse termo é usado para os dois gêneros: novela e romance. Sobre a relação de Bueno com Perlongher e sobre a questão da novela, cf. o ensaio de Douglas Diegues neste volume.

p. 21

noticia — por não estar acentuada, entende-se que a palavra está grafada em espanhol. Nesse prólogo, WB já usa os mesmos recursos linguísticos da novela, o que indica que a distância entre o autor e o narrador (ou um autor-editor) é menor do que se espera: logo em seguida a voz da personagem assume a autoria do texto: "yo no matê al viejo".

el vuelo del párraro, lo cisco en la ventana — aqui se apresentam duas das matrizes estruturais da "língua" de *Mar Paraguayo*: de um lado, a **mistura lexical** dos dois idiomas em "párraro" (em espanhol "pájaro", em português "pássaro"), ou, melhor dizendo, a transcrição de uma pronúncia aportuguesada do espanhol; de outro, a **modificação** (da estrutura) **sintática** de uma língua sobre a outra: "en esto relato" em lugar de "en ese relato"; "lo cisco", em lugar de "el cisco", mas onde se lê também "los ciscos", com elisão acentual do "s" típica do castelhano paraguaio). A terceira matriz será a do uso direto do guarani no texto.

Vale lembrar que o guarani falado no Paraguai e na região fronteiriça admite frequentemente os dois tipos de modificação ou contaminação. A mistura lexical é chamada de *jehe'a*, e a modificação/contaminação sintática é chamada de *jopará*. O *jopará* falado no Paraguai, que mistura as duas línguas, é considerado uma variante "incorreta" pelos falantes cultos. Nesse sentido, pode-se dizer que *Mar Paraguayo* se aproxima muito do *jopará*, do popular e da fuga à norma padrão de todas as línguas envolvidas.

Observe-se, ainda, que Bueno nunca usa os sinais de interrogação e exclamação invertidos no início das frases em que eles são obrigatórios no espanhol, mesmo quando uma frase inteira parece estar escrita em espanhol.

eganar-lhe — mistura lexical, esganar-lhe, de esganar, apertar.

muslos cavalo — *muslos de caballo* (em espanhol), coxas de cavalo (em português).

p. 23

Ñe'ẽ — termo fundamental na linguagem e nas cosmogonias do tronco linguístico tupi-guarani. Além dos sentidos explicitados no "elucidário" (linguagem, palavra) e também parte verbo dizer, falar: o guarani verbaliza quase todos os substantivos mediante desinências verbais sufixais (*añeẽ*, eu falo, *oñeẽ*, ele fala). Tanto a *ñe'ẽ* quanto a *ayvu* remetem para a criação do universo por Ñande Ru Tenonde e para a criação da linguagem (primeiro como *ayvu*) como fundamento cósmico e social (no *Ayvu Rapyta* da tradição mbyá-guarani). Atualmente, os diversos grupos do tronco guarani do Brasil (kaiowá, nhandeva, mbyá), usam *ayvu* e *ñe'ẽ* de forma diferenciada: para uns, a primeira é a palavra sagrada e ritual, e a segunda profana; para outros, é o contrário. Em *Mar Paraguayo*, *ñe'ẽ* pode também ser índice do próprio relato ou narrativa.

Ô há Dios... Sin há Dios — uso simultâneo de mistura lexical e modulação sintática, poderia se traduzido como: Ó, Deus existe...Sim, Deus existe", mas também como "Ou há Deus...Sem há Deus" (e adeus).

p. 25

Sônia Braga — Nascida em Maringá (PR), Sônia Braga transformou-se na grande *sex-symbol* da cultura brasileira desde os anos 1970, depois de estrelar alguns dos papéis mais sensuais do cinema e da tevê brasileiras, como *A dama do lotação*, *Dona Flor e seus dois maridos*, *Gabriela* e *Dancing Days*.

p. 26

colita (em espanhol) — diminutivo de *cola* (rabo, cauda).

añaretã, añaretameguá (g.) — palavra formada por *aña* (t. *anhanga*, mal, diabo) + *tetã*, povoado, terra, país). Tanto o conceito de diabo quanto o de inferno foram introduzidos no guarani pelos jesuítas, aproveitando-se do léxico e da gramática tupi-guarani. Em seu *Tesoro de la Lengua Guaraní* (1639), Montoya define o inferno assim: "*añaretama yvy apytepe tuĩ*, está el infierno en el centro de la tierra". A origem do termo *aña*, segundo o mesmo Montoya, é alma (*ã*, t. *ang*) que corre, *ña* (g. *oñani*). Ou seja, o termo se relaciona originalmente com a ideia dos "espíritos" dos mortos que vagam sem as devidas rezas. O termo (jesuítico) *añaretamegua* (que WB define como "infernal, coisa infernal") se compõe de *anãretã* e dos sufixos *-me* (em, advérbio) e *-gua* (de, preposição de origem): aquele ou aquilo que é do inferno.

ansienedad — *provável* neologismo formado por ansiedade e pelo francés "ancienne" e espanhol "edad".

Ñemomirĩhá, ñemomirĩ — o verbo *ñemomirĩ* etimologicamente diz: fazer-se pequeno (*mirĩ*). O sufixo *-ha* forma substantivos a partir de verbos ou substantivos a partir de outros substantivos verbais (*teko*, vida, viver, modo de vida na terra; *tekoha*, lugar onde se produz a vida, "aldeia").

Paraĭpĭeté (g. *paraypyete*) —No dicionário de Peralta e Osuna (Buenos Aires, 1984), que Bueno usava, o verbete "abismo" está marcado à caneta, e *paraĭpĭeté* é definido como "abismo de mar". A palavra se compõe de mar (*pará*) de grande (*eté*) profundidade (*ĭpĭ*/g. *ypy*): mar profundo, poeticamente "abismo de mar".

p. 27

cururu...cateretê — danças tradicionais de origem guarani, mas ainda vivas no folclore e na música latino-americana. O *cururu* (g. *kururu*, sapo) é um animal sagrado e mencionado no *Ayvu Rapyta* (VII): Pai Mirĩ, filho de Ñanderu Tenonde se transforma em sapo e transmite o fogo aos mortais. O cateretê (= catira) é uma dança e um ritmo bastante marcante da cultura caipira, analisada por Mário de Andrade, entre outros. A palavra provavelmente se origina do g. *kate*, enfeite, enfeitar-se.

p. 29

tupãitá —Para os Mbya-Guaraní Tupã Ru Ete, o primeiro de vários Tupãs, é um dos "deuses" antigos na ordem da criação, posterior ao dom da linguagem (*ayvu*) e do amor (*mborayu*), que precedem a criação da terra (*yvy*), a qual é um quase atributo da "autogeração" de Ñande Ru Tenonde". No *Ayvu Rapyta* III, o deus primigênio situa os pontos cardeais da terra em relação aos deuses ou entidades, e os atributos de cada um.

Assim, a Karaí cabe o Leste (o nascer do sol) e o fogo sagrado. A Tupã, o Oeste, e as águas. Entre os dois, Jakaíra sopra a *tatachina*, a neblina-fumaça, origem da vida.

yerobi — não há registro dessa palavra no elucidário nem nos dicionários correntes do guarani. Os termos mais próximos são: *jerovia* (fé, confiança; Montoya: *yerobiá*); *yerokĭ*, dança e *yeroyĭ*, abaixar-se. Segundo Gomes Centurión, entre os paĩ tavyterã (parentes dos nossos kaiowá), ambos os termos estão ligados à genuflexão religiosa. O dicionário argentino de guarani (Dacunda Diaz, 1987) ainda registra *yeroba*, mudar-se, trasladar-se.

espetan — provável jogo entre esperam, espetar e expectativa.

p. 30

tecové, tecovembĭkĭ, tekovepá — a raiz dessas palavras é *tecó* (g. *teko*), que é ao mesmo tempo vida, ser, e modo de viver, costume, de acordo com a tradição e os princípios sagrados e naturais. Bueno joga constantemente com o modo como o guarani forma palavras por composição (justaposição e aglutinação). A raiz *teko* já é uma palavra composta "te" (corpo) e "ko" (de *aiko*, morar, ou seja, o que mora no corpo). *Tecovembĭkĭ* é formada com o adjetivo *mbĭkĭ*, breve, curto. Cf. abaixo, *tecovepavaerã*.

p. 31

mboichumbé — a cobra coral aparece num poema tupinambá citado por Montaigne em "Os Canibais", retomado por Waly Salomão num poema musicado por Caetano Veloso ("Cobra Coral").

andĭrá — trata-se do morcego vampiro; o morcego comum se chama *mbopi*. Para os paĩ tavyterã, segundo informação pessoal de Gómez Centurión, o *andĭrá* é o *guaruje* (morcego gigante), e faz parte dos monstros celestiais.

cuñambatará — O dicionário de Peralta e Osuna não registra esse termo, que Bueno define como prostituta, no elucidário. Osuna e Peralta registram os termos *cuñasandahé* e *cuñarerovaí* (g. *kuñarekovaí*) para rameira e puta, respectivamente. *Mbatará* é matizado, variegado, mas também inconstante. Florencio Vera (1903) registra "mbatara" como "el gallo o la gallina de coloración de um tejado o escama". Gómez Centurión (informação pessoal) vê no nome o equivalente de "indefinida, indecisa, ou de caráter ambivalente", e, ainda, uma "ave multicor".

morangú — Segundo Montoya, *porãgú/morãgú* é uma "conseja", ou seja, uma fábula no sentido de mentira, um "conto do vigário". O sentido de *morangú* como fábula no sentido de mito é moderno em guarani. A narrativa (de sentido moral) se dizia *mombe'ú*, derivada do verbo *(o)mombe'ú*, dizer, contar, aconselhar. A omissão da vírgula na segunda ocorrência das duas palavras foi feita à caneta no manuscrito, possivelmente para enfatizar a relação determinante-determinado em guarani (que é como a do inglês): "fábula da fábula".

p. 32

tucú — (g. *tuku*) gafanhoto (em espanhol: langosta). Além de ser um animal bíblico (uma das pragas do Egito), o gafanhoto é um dos animais originários da primeira terra (yvy Tenonde) cuja descrição aparece no III canto do *Ayvu Rapyta* (*tuku parãrã*).

p. 33

paraguas — jogo com *paraguas* (guarda-chuva) e *paragua* (nome pejorativo que se dá aos paraguaios na fronteira). Na versão publicada no *Nicolau*, Bueno usa *paramboipĭri* (rio cheio de cobras), mas o descarta na edição de 1992.

ĭguasu, ĭpaguasu — os termos *ĭ* (g. *y*, água) e *para* são usados para formar nomes de rios e de praias. No caso de *ĭ*, em português se transforma em *i*, no início, Iguaçu ("água/rio grande"), Ipanema ("água agourenta"), e *u*, no começo ou no fim das palavras, como em Ubatuba e Anhangabaú. *Para* ocorre em nomes como Paranapanema, Paraguaçu, Paraná etc. O -pa em *ĭpaguasu* é um superlativo.

mberuñaró — Peralta e Osuna registram como uma variedade de moscas (*ñaro* = latido, raiva, luta).

tiní — duro, dura (adj), segundo Osuna e Peralta. Essa palavra aparece no elucidário com o sentido de "ruído de água fervendo".

panamá — borboleta, em tupi (g. *panambi*). Foi provavelmente esse nome que deu origem ao país Panamá, embora o Wikipédia e o site oficial do governo panamenho afirmem que a etimologia é incerta, admitindo, porém, que poderia significar "abundância de peixes ou de borboletas". Não é impossível que uma das línguas tupis do norte tenha se mesclado ao karib (falado nas Antilhas e no norte da região amazônica), já que também se pressupõe a existência de um proto-tronco linguístico jê-tupi-karib. Em paĩ tavyterã, *tanambi* é uma espécie de mariposa noturna.

p. 34

pĩ'ambareté, pĩ'a — *pĩ'a* (g. *py'a*) é um termo genérico que designa tanto o estômago, o ventre (as entranhas) e o coração. Também equivale a "seio", no sentido de "imo, íntimo", equivalendo, de certa forma, a "ânimo", "sentimento", "sentir" (cf. *ñandu*), e, eventualmente, a consciência. Graciela Chamorro (*Decir el cuerpo*, 2009) resgistra o termo *py'a'a* (coração). No guarani atual, a palavra coração foi emprestada ao espanhol (*korazõ*).

Mbarete é força, ânimo. Os mbyá usam o termo *py'a guachurã*.

taĩhu, mboraĩhu, porenó, mongetá. *Mboraĩhu* é o nome mais antigo e mais abrangente para amor, formado a partir do verbo *jeaĩhu/jeporaĩhu* (amar), que também pode formar o nominativo *taĩhu* (em oposição a *raĩhu* e *haĩhu*, respectivamente relativos à segunda e terceira pessoa). No *Ayvu Rapyta* II, Ñanderu Ete Tenonde transmite aos mortais seus dois principais dons, o amor (*mborayu*) e a linguagem (*ayvu*). Segundo G. Chamorro, para fornicar se dizia *aporenó* ou *aimenõ*. Bueno usa *mongetá* como "fazer amor", mas esse termo é mais usado para "conversar", e, eventualmente, cortejar.

p. 37

tecové, tecovepavaerã — (*tecové*, ver acima). Em *tecovepavaerã*, além de *tecové*, temos ainda o *-pa* (de *opa*, terminar, acabar), e o *-va'erã*, sufixo de tempo pretérito ou finitivo.

tapevaí — caminho (g. *tape*) ruim (g. *vaí*), fig., descaminho.

feligrés — paroquiano.

p. 38

Jaguara. Jaguará. Jaguaraíva. Jaguapitã — O termo de origem é *jagua* (t. *jawár*), que é usado para os felinos grandes (jaguatirica, onça — também chamada de *jaguareté*), enquanto que o termo *mbarakaja* era usado para felinos pequenos. Segundo Lemos Barbosa (*Curso de Língua Tupi*, 1956, p. 386), o nome *jagua/jaguara* foi dado pelos índios (ou pelos padres) aos cães trazidos pelos europeus, o mesmo nome dado aos felinos. Os diversos tipos de lobos já eram conhecidos pelos índios, e em guarani eram chamados de *aguara* (de onde o nosso lobo guará), e muitas vezes o *aguara* substitui o nome *jaguareté* (onça). Jaguapitã é a cidade do norte paranaense onde nasceu Wilson Bueno. Montoya registra "jaguapytã como "león" (referindo-se provavelmente ao extinto leão americano).

p. 41

tahĭi, tahĭiguaicurú, hormigas...arĭrĭi, taracutĭ, pucú — o nome genérico para formiga é *tahĭi* (g. *tahýi*); os demais nomes de tipos de formiga foram retirados do verbete "hormiga" do dicionário de Peralta e Osuna.

tupã-karaí — cf. *tupãitá* (acima).

achy — palavra fundamental da cosmogonia mbyá-guarani, traduzida por Bueno como "a natureza necessariamente mortal, finita, e má do mundo, antes da Terra Sem Mal". Bueno provavelmente em Pierre Clastres (Bueno tinha um exemplar de *A fala sagrada*, de Clastres, publicado pela Papirus em 1990, e na França em 1974) sobre o tema da Terra Sem Mal (Yvy Maraẽ'ỹ ou Marane'ỹ). Os dicionários de guarani geralmente não registram o termo *achy*, porque essa é a grafia mbyá para o g. *asy* (*hasy*), sofrimento, doença (cf. g. *mbohasy*, sofrer, e o tupi *moacy*). No *Ayvu Rapyta* a origem do mal e da enfermidade é a recusa do bem viver baseado nas leis da palavra-*ayvu* e do amor-*mborayu* dados por Ñande Ru Ete aos mortais, ou seja, da "tradição". Aqueles que se afastam das leis, influenciados pela má-ciência (*arandu vai*) acabam cometendo sofrimentos aos outros (pessoas e seres) e a si próprios, acabam por ser tomados pela fúria (*ogueropochy*) e vivem a vida imperfeita (*reko achy* — cf. g. *teko asy*, sofrimento, o contrário da *teko porã*). O mito da Terra Sem Mal está ligado ao abandono dos costumes e da tradição antiga, que leva ao êxodo e à vida num mundo de decadência e mal (*Mba'e Pochy*, *Mba'e Megua*), que se agravaram com a vinda dos europeus. A força do pajé/xamã está justamente na cura — com ervas e palavras sagradas — dessa *achy*. A escrita *marafa* do *Mar Paraguayo* parece invocar essa força xamânica.

oguerojera — outra palavra essencial do *Ayvu Rapyta*, que Bueno grafa *oguera-jera* seguindo a grafia de Clastres, embora a transcrição correta seja *oguerojera*

(Cf. *Ayvu Rapyta*, 2015, p. 24). No início da criação de si e do universo a partir das trevas primordiais, Ñande Ru Papa Tenonde "se desdobra a si mesmo em seu próprio desdobramento" tal como traduz Clastres, e Bueno faz ecoar em "a dobra da dobra da dobra", provavelmente numa clave deleuziana (*Leibniz e a dobra*).

p. 48

suruvá — trata-se da ave *suruvá* (e não "suruvu", como aparece no original; cf. Montoya, *çurubá*), que integra o mito Apapocuva do dilúvio, tal como transcrito por Curt Nimuendaju (1914), e retomado por P. Clastres. Na transcrição de Nimuendaju (1914), o *suruvá* é destruído pelo dilúvio-*yporú*, ele se recusa a acreditar no dilúvio, e a água lhe entra pela boca; mas ao morrer, deixa o seu canto-voz (*ayvu*) para os pássaros. No mito Apapocuva, lê-se: "Eí javé ijurú y oñiñoñá ma javé ijayvucueí oó ma guyráno." (Nimuendaju, 1914, p. 401): "Quando falou, a água entrou em sua boca, e sua alma-sopro assumiu a forma do pássaro." Clastres traduz: "E, como falava, a água encheu sua boca: sua alma-palavra transformou-se em pássaro" (Clastres, 1990, p. 54). Na versão Brasileira de Nimuendaju (1987, p. 156), Emmerich e Viveiros de Castro usam "suruvá", e traduzem assim: "Assim ele falou e a água penetrou na sua boca; e assim o seu sopro passou ao pássaro." Evidentemente, a interpretação mais "poética" do texto de Clastres interessou a Bueno, que inclusive a usa na definição da palavra no seu elucidário.

ayvu — ver nota à p. 23, *ñeẽ*.

p. 50

ñandu — palavra polissêmica e de muitas reverberações no idioma guarani. Em primeiro lugar, trata-se de uma palavra homófona (e homógrafa), com tripla acepção: 1) *ñandu*(guasu), tipo de avestruz, conhecida no MS e MT como ema. Nesse caso, a origem é de *ña/oñani* (correr) e *ndu/tu* (golpe, som), provavelmente pelo som que a ave faz ao correr; 2) *(o)ñandu*: a)sentir (nesse caso, a etimologia está ligada a *hu*, encontrar; em tupi se usa a forma *(o)hu* para sentir); b)sentido, sentimento, mais comumente se grafa *andu* (a partir de andu se forma *arandu*, sábio, saber, sabedoria); 3) *ñandu*, aranha (o nome se origina provavelmente do verbo 2, dada a extrema sensibilidade do animal ao toque em sua teia). Além disso, a palavra forma outras palavras importantes, como a já mencionada *arandu* (sábio, saber, sabedoria, etimologicamente "aquilo que se sente na alma de dia") e as demais palavras citadas por Bueno: *ñanduti* (de *ñandu* + *oñapyti*, amarrar, atar, a aranha se amarra na teia) tanto a teia de aranha, quanto o tipo de rendado produzido no Paraguai até hoje; *ñandurenimbó* (os fios da teia, e também a teia; em

g. se usa *ñandukyha* para teia). Montoya registra ainda *ñãndú*, hábito, costume. Observe-se que, contrariando a grafia de Peralta e Osuna, Bueno não acentua o u, mantendo a grafia corrente no g. paraguaio.

p. 51

apuesta — a primeira edição, a edição mexicana e o datiloscrito trazem "apusta", embora a frase indique que se trata de aposta. E vale lembrar que a palavra espanhola para aposta é *apuesta*, e que não há registro de "apusta" em dicionários de ambas as línguas, sendo tampouco provável que uma palavra "fronteiriça" fosse assim grafada.

p. 52

hetaicoé — forma familiar de *hetacuere* (g. *hetakuére*), muitos, traduzindo o argentinismo "mijones" (em espanhol: millones), milhões.

ñanducavayú — palavra que designa a tarântula (g. *ñandukavaju*). Trata-se de um *jehe'a*, ou seja, uma palavra que mescla um termo original guarani (*ñandu*) com um neologismo (*cavayú*, de cavalo).

p. 53

yo no la quiero verla a la sangre — ecos do poema "Llanto por Ignacio Sánchez Mejías" de F. García Lorca.

p. 54

piel y pelo — o acento circunflexo em pêlo (atualmente pelo, no sentido de filamento do corpo humano), vigente na ortografia de 1992, foi rasurado aqui, no datiloscrito, indicando que talvez se tratasse do espanhol "pelo", cabelo. Mantive o circunflexo na primeira ocorrência.

p. 56

pentimientos — no datiloscrito e na primeira edição (e na edição da Bonobos) consta "pentimientos", e não *sentimientos*. Bueno pode ter usado uma parte da palavra espanhola *arrepentimientos*, arrependimentos.

p. 57

Banestado — antigo Banco do Estado do Paraná, privatizado em 2000, na gestão presidencial de Fernando Henrique Cardoso.

p. 58

botilla — do espanhol *botella*, garrafa, mas também uma botinha.

p. 59

Si, la guria. — No datiloscrito: "Si, la mina."

p. 60

San cosas de la imaginación. — Essa frase final não consta no datiloscrito.

p. 61

mordida de pez — No datiloscrito, o parágrafo termina assim: "mordida de pices y algas en lo abismo fundo de arena, y las estrellas del mar."

p. 64

puerta cerrada — No datiloscrito o parágrafo termina em "puerta." Segue-se uma palavra rasurada, ilegível.

p. 65

paraguayta cumple — o sufixo -ta pode ser usado como o -pa, para intensificar *cumple* (abreviação de *cumpleaños*, aniversário).

la marafona no tiene... — alusão ao romance *El coronel no tiene quien le escriba* (1961), de Garcia Márquez.

quiçás...chororó...guarará — a repetição de "quiçás" remete ao famoso bolero *Quizás, Quizás* (1947), do compositor cubano Oswaldo Ferrés, gravado por Célia Cruz e Nat King Cole, entre outros. A palavra "chororó" não consta do dicionário de Peralta e Osuna, mas é corrente no idioma guarani, sobretudo para referir-se ao barulho da chuva.

Brinks'i. Brinks'imi — Além do mencionado recurso de aglutinação de sufixos, no idioma guarani, o uso do apóstrofe (g. *puso*) é fundamental para marcar os hiatos prosódicos, quase sempre guturais, característicos desse idioma. Em *Brinks'imi*, além dos diminutivos (*'i, michĩ*), temos o sufixo -*mi*, que é usado para criar uma das 4 formas do imperativo guarani, conhecido como "imperativo cariñoso". Em *Brinks'michĩmíra'ymi* também aparece o termo *ra'y*, filho, usado apenas pelo pai (a mãe usa *memby*; ela diria: *Brinks'michĩmímembymi*). A última palavra-nome *Brinks'michĩmíra'ytotekemi* parece conter uma inversão silábica e anagramática de *tekove*, vida.

p. 70

nunca haver — por "nuca haver" (ed. 1992).

p. 71

confesso que he vivido — referência à autobiografia de Pablo Neruda, *Confiesso que he vivido* (1974).

p. 74

achy...tierra cargada por el mal — cf. acima, em *achy*.

tapes — do g. *tape*, caminho, pluralizado de acordo com o espanhol (ou português). Na cosmografia guarani, os "tape" são os caminhos de estrelas, ou constelações, e algumas vezes galáxias, como a Tapi'i Rape ("caminho do tapir", que chamamos de Via Láctea).

mborayu — na edição de 1992 se lê "mboiraïhu", uma grafia desviante de *mboraïhu*. No entanto, no datiloscrito se lê "mborayu", usando o mesmo padrão de grafia de "ayvu" e "aguyje", razão por que reverti ao datiloscrito, nesse caso. Sobretudo porque se trata aqui de palavras retiradas do *Ayvu Rapyta*, no qual os caminhos ("tapes", no texto de WB) do amor-*mborayu* e da palavra/alma--*ayvu* levam ao estado de "iluminação" ou de "perfeição" (*aguyje*). A crença na terra sem mal (*yvy marãe'ỹ*) é, finalmente, menos a crença em um lugar específico do que a crença na possibilidade de alcançar o *aguyje* neste mundo de sofrimento e penas (*achy*) — crença que a protagonista transfere para a relação com o seu cãozinho. A escolha por Tupã e não por Karai, no final desse fragmento, também remete ao *Ayvu Rapyta*, uma vez que Tupã é o senhor das águas e das chuvas (e Karai o oposto, o senhor do fogo-*tataendy*). A palavra *aguyje* foi usada pelos colonizadores espanhóis e pelos jesuítas como equivalente de "gracias", obrigado, e hoje, no Paraguai, já não tem nenhum significado místico ou religioso, mas é mera fórmula corriqueira de agradecimento.

p. 76

Dorados, Aquidauana, Puerto Soledad — Essas três cidades apontam para os limites da geografia guarani: *Dorados* está por Dourados, município do MS que concentra uma das maiores densidades populacionais guarani (kaiowá) do Brasil. Aquidauana, igualmente no MS, está na fronteira do Pantanal. Puerto Soledad é uma cidade das Ilhas Malvinas ou Falklands, que foram reivindicadas pelo governo argentino nos anos 1980 na chamada Guerra das Malvinas.

p. 79

Ĭya — (g. *yja*, de y-, água e -*jara*, habitante, senhor ou senhora, já que no guarani não há distinção de gênero nos substantivos). A definição do elucidário foi retirada diretamente de Peralta e Osuna. No folclore amazônico é a uiara, que aparece em *Macunaíma*, e também o Ipupiara, o monstro marinho da mitologia tupi. A palavra foi acrescentada posteriormente à mão no datiloscrito.

Os travessões finais aparecem apenas no datiloscrito.

REFERÊNCIAS

CANESE, Jorge. "Paraguai: erro geográfico". Tradução de Josely Vianna Baptista. *Nicolau*, ano I, n. 6, 1987, p. 17 [ilustração de Lívio Abramo].

CADOGAN, León. *Ayvu Rapyta. Textos míticos de los Mbyá-Guaraní del Guairá.* São Paulo: Universidade de São Paulo/Fac. de Filosofia, Ciências e Letras. Boletim 227, Antropologia 5, 1959, 225p.

CENTURIÓN, Gregorio Gómez. Ñe'ẽ. Poemario em guaraní paĩ, guaraní paraguayo y castellano. Asunción: Servilibro, 2012.

CHASE-SARDI, Miguel. "Religião Guarani". Tradução de Josely Vianna Baptista. *Nicolau*, Ano II, n. 14, agosto 1988, p.16-17.

CHAMORRO, Graciela. *Decir el cuerpo: Historia y etnografía del cuerpo en los pueblos Guaraní.* Asunción: Tiempo de Historia; Fondec, 2009.

CLASTRES, Pierre. *A fala sagrada: mitos e cantos sagrados dos índios Guarani.* Tradução Nícia Adan Bonatti. Campinas, SP: Papirus, 1990.

MELIÀ, Bartomeu. *El Guaraní conquistado y reducido. Ensayos en etnohistoria.* Biblioteca Paraguaya de Antropología, vol. 5. Asunción: Centro de Estudios Antropológicos de la Universidad Católica, 2ª. edición, 1988.

MIRANDA, Luli. "Primeiras Luzes". *Nicolau*, Ano I, n. 02, agosto 1987, p.12

MIRANDA, Luli e BAPTISTA, Josely Vianna. "Ñeẽng, a palavra-
-alma Mbyá-guaraní". *Nicolau*, Ano II, n. 14, agosto 1988, p.17.

MONTOYA, Antonio Ruiz de. *Tesoro de la Lengua Guaraní*.
Madrid: Juan Sanchez, 1639.

[NIMUENDAJU], Curt Onkel. "Die Sagen von der Erschaffung
und Vernichtung der Welt als Grundlagen der Religion der
Apapocúva-Guaraní". Zeitschrift für Ethnologie, 46, 1914, p.
284-403.

NIMUENDAJU, Curt. *As lendas da criação e destruição do mundo
como fundamentos da religião dos Apapocúva-Guarani*. Tradução
de Charlotte Emmerich & Eduardo B. Viveiros de Castro. São
Paulo : HUCITEC ; Editora da Universidade de São Paulo, 1987.

PERALTA, Anselmo Jover; OSUNA, Tomas. *Dicionário Guaraní-
-Español y Español Guaraní*. Buenos Aires: Editorial Tupã, 1984.

PEQUENA HISTÓRIA BIBLIOGRÁFICA DE *MAR PARAGUAYO*

Douglas Diegues

1. LAS PRIMEIRAS OLAS

Wilson Bueno publica o primeiro fragmento de *Mar Paraguayo*, seu papiro mais raro, no *Nicolau n° 6*, que aparece em dezembro de 1987[1]. Nessa primeira fase do *Nicolau*, há um grande interesse do editor, e de alguns colaboradores, pelo Paraguai, pelo guarani como cultura, língua, poesia e poética. Nesse mesmo número, o tabloide curitibano estampa um ensaio breve — *Paraguai: Erro Geográfico* — escrito por Jorge Kanese[2], com ilustração de Livio Abramo. Nesse contexto, uma nota escrita, mas não assinada, por Wilson Bueno, apresenta las primeiras olas: "A partir da língua falada neste Brasil de longas lânguidas praias e do castelhano — no caso específico o espanhol com sabor paraguaio — surge uma terceira 'língua' situada num

---

[1] *Nicolau* é o nome de um tabloide cultural publicado mensalmente pela Secretaria de Estado da Cultura / Imprensa Oficial do Estado do Paraná, entre 1987 a 1996. Em 1987, Wilson Bueno era o editor e Josely Vianna Baptista era a editora-assistente. O tabloide circulava distribuído gratuitamente por todo o Brasil e recebeu prêmios em São Paulo e Nova York.

[2] Jorge Kanese é o poeta que inventou a poesia de vanguarda no Paraguai. No primeiro ano do *Nicolau*, Kanese visitou Curitiba e se encontrou com Wilson Bueno, que solicitou colaborações e uma entrevista com Livio Abramo.

vértice textual onde as gramáticas perdem a linha dura e cedem à voragem-vórtice do duplo: *Mar Paraguayo* é um fragmento — primeira pedra — de uma 'novela em progresso', já com mais de 100 páginas. Ao mar.".

2. LAS SEGUNDAS OLAS

Novas olas do *Mar Paraguayo* se formam e continuam a formar outras ondas que avançam pelas páginas do *Nicolau*.[3] As olas, as ondas, as oscilações, mutantes, de identidade e de humor da marafona, do vai e vem de línguas, entre prosa e poesia, entre fala e canto, entre velar e revelar, desde os primeiros fragmentos, são uma das marcas da novela. Estas segundas olas é que vão seduzir o poeta e antropólogo argentino Néstor Perlongher, que à época residia em São Paulo, dava aulas na Unicamp, mas ainda não conhecia o tabloide paranaense. Após a descoberta das primeiras olas do *Mar Paraguayo*, Perlongher escreve uma carta ao *Nicolau*, na qual celebra a publicação da novela ainda em progresso. Transcrevo a carta do poeta argentino: "Absolutamente fascinado por *Mar Paraguayo*, de Wilson Bueno, é que lhes escrevo para saudar *Nicolau/11*, publicação que, aliás, eu não conhecia e do mesmo número destaco e celebro a presença, igualmente, da festejável tradutora de *Paradiso*, Josely

---

[3] O segundo fragmento de *Mar Paraguayo* foi publicado às páginas 12 e 13 do *Nicolau / nº11*, de maio de 1988.

Vianna Baptista, e o belo texto — *Cardoso* — de Rodrigo Garcia Lopes. Mas foi na micropoética intersticial das ondas de *Mar Paraguayo* (o poeta argentino Francisco Madariaga fala de gaucho-afro-hispano-guarani no livro *El trem casi fluvial*) que mergulho — em fluxos e refluxos — e emerjo, realizando profundas intuições sobre a (imanente) microscopia molecular do portunhol. Como a carta do estudioso Uilcon Pereira ("labirinto de aranhas, cisne e sabre...") delata uma entrega anterior de Bueno a essas gozosas ondas, me apresso em pedir-lhes que me enviem o número em que foram publicadas estas outras ondas. Peço permissão ainda para dar a conhecer em Buenos Aires algumas das correntes de *Mar Paraguayo*".[4] Depois dos primeiros mergulhos, Néstor Perlongher contrabandeou os fragmentos de *Mar Paraguayo* para a Argentina, onde foram publicados, pela primeira vez, na revista *Último Reino*[5], um ano antes da primeira edição brasileira.

3. LAS TERCEIRAS OLAS

No terceiro fragmento de *Mar Paraguayo*[6] aparece Brinks, Brinks'i, Brinks'imi, Brinks'michĩ, Brinks'mi-chĩmi, Brinks'michĩmíra'ymi, o microscópico cachorro

---

[4] A carta de Perlongher foi publicada no *Nicolau n° 15*, de Setembro de 1988.
[5] Os fragmentos de *Mar Paraguayo* foram publicados entre as páginas 56 a 59 na revista de poesía argentina *Último Reino* n° 19, Buenos Aires, Julho de 1991.
[6] Publicado no *Nicolau n° 26*, de Agosto de 1989.

imaginário da Marafona de Guaratuba, a protagonista, que é uma fala, trilíngue, andrógina, mutante. A Marafona de Guaratuba, personagem principal de *Mar Paraguayo*, é a encarnação dessa linguagem despampanante, um portunhol com sabor paraguaio adornado de guaranises. Uma nota escrita por Wilson Bueno, mas sem assinatura, apresenta as terceiras olas: "A novela em progresso *Mar Paraguayo* são vagas que se espraiam por raras e áridas arenas linguísticas. Ali, português, castelhano e guarani se mesclam criando um vértice textual onde as gramáticas asmáticas perdem o fôlego e ganham o vórtice da escritura. 'Brinks', o coração cachorro da marafona, 'coma móbile', companhia y soledad, aporta aquí, apresentado pelo escritor argentino Néstor Perlongher". Na nota de apresentação escrita por Perlongher, que é um ensaio breve a partir das três primeiras ondas do *Mar Paraguayo*, podemos ler que "o efeito do portunhol é imediatamente poético. Há entre as duas línguas uma vacilação, uma tensão: uma é o 'erro' da outra. Um singular fascínio advém desse vigamento de desvios (diria algum linguista fixado na lei)". Para Perlongher, o mérito do autor de *Mar Paraguayo* "'reside precisamente nesse trabalho microscópico, nesse entre línguas (ou entre-rios) a cavalo, nessa indecisão que acaba funcionando como uma espécie de 'língua menor' (diriam Deleuze e Guattari), que mina a majestuosidade das línguas maiores, com relação às quais erra, como sem querer, sem sistema, completamente intempestiva e surpreendente, como a boa poesia, a que não se deseja previsível".

4. FONTES LITERÁRIAS

Antes do aparecimento do primeiro fragmento de *Mar Paraguayo*, o *Nicolau nº 4*, publica *Yo El Supremo: La Coma Transparente*, um estudo exclusivo do escritor paraguaio Juan Manuel Marcos[7] sobre o célebre romance de Augusto Roa Bastos. Na época em que aparece o primeiro fragmento de *Mar Paraguayo*, aparece no *Nicolau nº 7*, de janeiro de 1988, outro ensaio sobre Roa e seu romance, escrito por David William Foster. Wilson Bueno conhecia este romance, considerado um acontecimento dos mais relevantes no âmbito das literaturas hispano-americanas do século XX. Em "Yo El Supremo", o personagem principal, Dr. Francia, o dictador paraguaio, que foi tema de um ensaio biográfico de Thomas Carlyle[8], monologa por mais de 500 páginas num castelhano paraguayensis salpicado de guarani, e inclusive de portunhol, em duas ou três linhas, à página 289[9], em que el Supremo zomba de Correia da Câmara. Esse monólogo, de mais de 500 páginas, certamente também inspirou Bueno a usar o monólogo como uma das bases de sua novela. Bueno era um grande leitor de Guimarães Rosa e certamente *Meu tio o Iauaretê*, em que Guimarães Rosa mescla português brasileiro ouvido por ele na região do sertão e palavras do tupi-guarani,

---

[7] Publicado no Nicolau nº 4, de outubro de 1987.
[8] *El Doctor Francia*, de Thomas Carlyle, Colección Vidas Extraordinarias, Ediciones Siglo Veinte, 1944.
[9] Página 289 de *Yo el Supremo*, de Augusto Roa Bastos, na edição da coleção Alfaguara Literaturas; 1a. Edición, 1985; 1a. Reimpresión, 1986; 2a. Reimpresión, 1989; 3a. Reimpresión, 1990; Madrid, España.

também o tenha inspirado. Outra fonte de inspiração literária certamente foi um conto de Caio Fernando Abreu, *A verdadeira estória/história de Sally Can Dance (and The Kids)*[10], em que o autor gaúcho mescla portunhol e inglês. Wilson Bueno e Caio Fernando Abreu eram amigos e se corresponderam durante vários anos. O procedimento (mix de portunhol com inglês) utilizado por Caio certamente também o inspirou a inventar seu *Mar Paraguayo* com um "portunhol adornado de guaranises".

5. FONTES PARAGUAYAS

Na segunda metade da década de 80, precisamente, que coincide com a época em que começam a aparecer os primeiros números do *Nicolau*, o poeta paraguaio Jorge Kanese visitou Curitiba a convite da Universidade Federal do Paraná, onde fez uma palestra. A visita de Kanese foi organizada pela professora de Língua e Cultura Guarani Luli Miranda. Nesse dia, Wilson Bueno conheceu Jorge Kanese. "Naquele dia", conta Kanese, "disse a Wilson que, de São Paulo para baixo, antigamente, tudo era mar paraguaio... Ele não podia crer, mas ficou fascinado". Segundo Kanese, "Bueno se intoxicou com minha visita, e além de se dar conta de que

---

[10] Caio Fernando Abreu publicou *A verdadeira estória/história de Sally Can Dance (and The Kids)* no livro *Pedras de Calcutá*, cuja primeira edição, de 1977, foi publicado pela *Editora Alfa-Omega*.

se podia brincar mesclando o guarani e o castellano, ele percebeu que poderia mesclar portunhol com guarani. "Eu transmiti a ele", comenta Kanese, "o sabor paraguaio do castellano e do guarani". Na época, o poeta paraguaio acabava de publicar dois livros em Asunción, que Bueno recebeu em Curitiba: *(De gua'u) La gente no cambia* e *Alegrías del Purgatorio*, por Editorial Arte Nuevo, do mítico poeta e editor paraguaio Gordo Duarte. Uma das bases de ambos livros de Jorge Kanese já era o "yopará" (mescla de castellano-paraguayo e guarani) avant-garde renovador não apenas no campo da poesia paraguaia, mas também em âmbito hispano-americano. Outra interlocutrora importante para Wilson Bueno foi a professora paraguaia Luli Miranda, que morou em Curitiba. Conforme Kanese, Luli também contribuiu com seus conhecimentos de guarani à "novela em progresso" *Mar Paraguayo*. No *Nicolau nº 14*, Luli Miranda assina, em parceria com Josely Vianna Baptista, a tradução ao português de *Ñe'eng: a palavra-alma dos Mbyá-Guarani*[11], canto mbyá coletado na província argentina de Misiones pelo poeta e pesquisador paraguaio Carlos Martinez Gamba e publicado em seu livro *El Canto Resplandesciente — Ayvu Rendy Verá*[12]

---

[11] Publicado em *Nicolau nº 14*, de agosto de 1988.
[12] *El Canto Resplandesciente — Ayvu Rendy Verá;* compilación, prólogo y notas de Carlos Martinez Gamba; Ediciones del Sol; Buenos Aires, 1984.

6. FONTES GUARANÍTICAS

Parte da força das águas e das ondas do *Mar Paraguayo* vem das fontes guaranis que Wilson Bueno utiliza para compor sua novela. Muitas palavras do guarani chegam a Bueno, de contrabando, também via Jorge Kanese, com quem Bueno estava em contato à época em que aparecem os primeiros fragmentos de *Mar Paraguayo*. Nessa época, Wilson Bueno andava fascinado com o guarani paraguayensis. No *Nicolau nº 15*, ele publicou o ensaio *Que língua se fala no Paraguai?*[13], de Natalia Krivoshein de Canese sobre o bilinguismo paraguaio. No *Nicolau nº 14*, aparece o ensaio *Religião Guarani*[14], do antropólogo paraguaio Miguel Chase-Sardi, onde aparece a palavra "Oguerojera", que para Chase-Sardi significa o que surge, o que se abre, o que acontece de repente, sem intervenção humana, como a neblina vivificante, chamada Jasuká pelos Paĩ Tavyterã e Tatachiná pelos Mbyá-Guarani. Bueno grifa "Oguerojera" também em seu exemplar de *A Fala Sagrada: mitos e cantos sagrados dos índios Guarani*[15], uma tradução brasileira da tradução comentada ao francês de Pierre Clastres de alguns fragmentos do *Ayvu Rapyta — Textos Míticos de los Mbyá-Guaraní del Guairá*, de León Cadogan. Bueno chegou ao *Ayvu Rapyta* (que significa "A Origem da Linguagem Humana") através do livro *A Fala Sagrada*:

---

[13] Publicado em *Nicolau nº 15*, de setembro de 1988.
[14] Publicado em *Nicolau nº 14*, de agosto de 1988
[15] *A Fala Sagrada: mitos e cantos sagrados dos índios Guarani*, Pierre Clastres; tradução de Nícia Adan Bonatti; Campinas, SP. Papirus, 1990.

mitos e cantos sagrados dos índios Guarani, onde ele também grifa a palavra *ñe'e*, o nome León Cadogan, e as seguintes frases do ensaio introdutório de Clastres, certamente as que mais impactaram Wilson Bueno:

- "A relação dos guarani com seus deuses é o que os mantém como Eu coletivo";

- "o termo guarani oguero-jera, que nos traduzimos por desdobrando-se a si mesmo em seu próprio desdobramento";

- "Essas palmeiras são azuis, ovy. São chamadas de azuis todas as coisas e todos os seres não mortais que possuem o território celeste do divino (por exemplo, o jaguar azul que provoca os eclipses da lua e do sol, tentando devorá-los)";

- "originário, o vento do sul";

- "da vida sobre a primeira terra como imagem da divindade".

Quanto à palavra "Oguerojera", em seu *Dicionário Mbyá-Guarani – Castellano*[16], Léon Cadogan informa que a palabra "jera" significa "abrir-se como flor, surgir, aparecer, criar-se". Cadogan cita como exemplo

---

[16] *Dicionário Mbyá-Guarani – Castellano*, Léon Cadogan, Segunda Edición, CEPAG-CEADUC, Asunción, Paraguay, 2011.

os primeiros versos do *Capitulo I*, do *Ayvu Rapyta*[17], "Ñande Ru Tenondé ojera pytu yma mbytére / Nosso Pai Primeiro surgiu (criou-se a si mesmo) em meio às trevas primitivas". Ojera, neste verso, significa "criar-se a si mesmo". Essa é uma das raras palavras do vocabulário do *Ayvu Rapyta*, do grande antropólogo paraguaio León Cadogan, utilizada por Bueno. e que ele encontrou duas vezes: primeiro no ensaio de Chase-Sardi, que ele publicou no *Nicolau nº 14*, e depois no livro *A Fala Sagrada: mitos e cantos sagrados dos índios Guarani*. A maioria das palavras do guarani utilizadas por Bueno vem do *Diccionario Guaraní-Español / Español-Guaraní*, de A. Jover Peralta y T. Osuna[18].

7. PALAVRAS MARCADAS POR WILSON BUENO EM SEU DICCIONARIO GUARANÍ-ESPAÑOL / ESPAÑOL-GUARANÍ

O pesquisador paraguaio Antonio Delgado Martínez, na carta-prólogo a *Vivência Ervateira*, de Hélio Serejo, uma espécie de dicionário de palavras antigas do

---

[17] Ayvu Rapyta — Textos míticos de los Mbyá-Guaraní del Guairá, de León Cadogan. CEADUC — Vol. 99 de la Biblioteca de Estudios Paraguayos, Asunción, Paraguay, 2015. Esta obra é considerada uma jóia rara das literaturas ameríndias.

[18] *Diccionario Guaraní-Español / Español-Guaraní, de A. Jover Peralta y T. Osuna* foi publicado primeiramente na Argentina, em outubro de 1950, pela *Editorial Tupã*, de Buenos Aires. O exemplar de Wilson Bueno é uma edição facsimilar dessa primeira edição, e foi impresso na *Artes Gráficas de Vinne*, de Asunción, Paraguay, em 1984, época em que Bueno começa a publicar os primeiros fragmentos de *Mar Paraguayo*.

mundo ervateiro da fronteira do Brasil com o Paraguai, faz uma boa síntese dos aspectos básicos do guarani paraguayensis, que é o que Bueno utiliza para compor *Mar Paraguayo*: "É uma língua que tem particularidades relevantes como qualquer outra língua. Para compreendê-la, requer profundidade. É onomatopeica, imita a voz, os ruídos e sons da natureza. É descritiva, e em sua expressão se descreve. É aglutinante, de fácil aglomeração. É polissintética, de fácil justaposição de síntese. É monossilábica, seus termos são de monossílabos. É penetrante, toca em regiões profundas do ser". Vale a pena acrescentar que não existe um guarani ideal, único, absoluto. Existem muitas variantes, dentre as quais, o guarani urbano, ou melhor, um guaranhol, que é um mix de castelhano paraguaio e guarani, chamado yopará, e que é falado principalmente pelos habitantes das pequenas e grandes cidades. Apresentamos aqui as palavras grafadas por Wilson Bueno no seu dicionário, provavelmente oferecido a ele por Luli Miranda, professora paraguaia de Língua e Cultura Guarani com quem esteve em contato à época em que começava a publicar os primeiros fragmentos de *Mar Paraguayo*:

GUARANÍ-ESPAÑOL

Añá: s. diablo, Satanás, etc

Añaí: s. fronteira, limite, etc

Avatiyú: s. una planta acuática

Mboichumbé: s. víbora de coral

Mboitá: s. em espanhol: víbora

Carayá: s. macaco, mono aullador, coro

Cuñarecovaí: s. mujer de mala vida

Cuñataí: s. moza, doncella, señorita

Guarará: s y un. hacer ruido semejante al que produce la lluvia o el agua que cae

Ha'angá. ver. y un. apuntar, señalar

Hetavé: fr. muchas cosas más, mucho más

Irû: s. compañero, camarada, amante

(Wilson Bueno envolveu com traço de caneta os vocábulos a partir de Ñandú até Ñanduti)

Ñe'é: ver. hablar, conversar

Pochapí: s. mano amputada

Porã: adj. y adv. hermoso, lindo

Tasésoró: ver. romper a llorar

Tuvichá: s. jefe, superior

Tike'irá: s. entre hermanos

Tíra: s. cualquier cosa comestible

Tirirú: s. bacin, vulgo

Titii: ver. latir, palpitar

Tivi: s. arc. Tumba

Uhá: s. el que come

Uhará: s. el que comerá

Uharé: s. el que comió

Umí: adj. dem. esos-as

Umiva: adj. dem. esos-as

Umita: s. una comida llamada "niño envuelto"

Upéguivé: fr. desde ahí

Upéichayeraca'é: fr. adv. así dicen que fue

Yaguahasy: s. perro rabioso

Yaguara'í: s. cachorro

Yesapimí: vr. cerrarse los ojos

Yeyapó: vr. hacerse / va. Fingir

Yeyopé: vr. exponerse al reflejo

Îvî: s. tierra, suelo

Îvîatatî: s. neblina, vapor

ESPAÑOL-GUARANÍ

Abismo: tugua'y // -de mar: paraîpîpacuet´é, paraîpieté

Agua: î, ti // llovediza: amandîkeré

Ala: pepó // poner — a la flecha (ai) peporo

Alegría: torî, tecororî

Allá (allí): amó, peamó

Alma: agã, ã (ã es también sombra, retrato)

Amigo: Taîhupara, cotîã

Andar: ho (ir — irreg), guatá, atá (caminar)

Arte: catupîrî (habilidad), caratú (destreza)

Atar: Ñapitî, yocuá

Ausencia: cupé, ã, poreÿ, hakicué

Bien: porã, catú, catupîrî, ha'-evé / hombre de-: ava-vecoporã

Bisabuela: yarîisî, sîyarîi (madre de la abuela)

Boca: yuru (bocado), un solo bocado tragué: peteî yuruñó amocõ

Borracho: ca'ú, sara'î, oca'ú-va

Borracheara: saveîpó (are), ca'ú, ca'uguasú

Bruja: guãimipayé, cuñapayé

Caballo: cavayú / dar o prestar: mohendá

Calor: tacú (tacú) / tener

Canción: purahéi, guahú (arc)

Cautivador: yeaîhucacuaá

Cautivar: pî'areaha, pî'areru

*Grifou — el corazón: ñembopi'ayara

Cazador: mbo'ahara, guîrambo'ahara

Cielo: îvaga, îvá (paraíso-terrestre)

Corazón: destacou todos os significados e marcou com asterisco-: pî'aitteguivé, e tambem //-fuerte: pîambareté

Corriente: sîrî // de agua: îsîrî

Cosa: mba'é // ma'é

*Grifou: temible: mba'eporomondîiva, mba'ekîhîyehá

Danza: yeroki // -religiosa de los antiguos indios guaraníes: cateretê, cururû

Danzante: yerokihara, oyerokiva

Desdentado: hãi'ÿva, hãimba'ÿva

Pota: potá, ahõ (suspirar): sé (úsase como sufijo): aicuaasé, deseo saber

Dia: ara // feriado: areté

Diablo: añá, añangá, mba'epochi, mboguavi

Enamorar: mongetá //-se: ñemonbetá, (arc.) porãpotá

Equivocarse: yeyavî, ñe-êngopá (al hablar)

*Grifou: yepoapí (ref. a la identidad de las personas)

Estrella: yasîtatá

Estrellado: îvaisîtataguasú (-cielo), opipiîvaga

Flaco: pirú, ca'ê, îpi, mba'epererî (cosa delgada)

Flor: îvotî, potî // -silvestre: ocaropotî

Fronteira: añaí (arc.), îvîgá, tetovapî

Gallo: rîguasumena, rîguasumê

Golondrina: mbîyu'í

Guararí: guaraní // idioma, lengua -:avañe'ê

Guerra: marendocó (arc.), marembotá

Guerrear: ñorairõ, guarini, marãndecó

Guerrero: guarinihara, marãndecóhara

Herir: yapichá (-levemente), (ai) cutú (clavar, hincar, punzar)

Hermano: mu, ahigué, etc

Hermanos: mú, asîguera, ahîguera

Hora: araguahê, ma (ya), ãga, anga

Huevo: tupi'ã // -de mosca: keresa

Idioma: ñe'ẽ //-guaraní: avañe'ẽ

Ilusión: pimborombotavi

Infancia: mitangîhecahã

Libri: nandi (suelto, sin atadura)

Lindamente: catupirî, porã

Lisonja: (che) aguará (gozar de)

Lobisón: Luisõn (animal fabuloso)

Lobo: yaguarú

*Loco: tarova (contornou todos os significados)

*Luna: yasî (realçou todos os significados)

Lluvia: amá // -torrencial: amanigîrusú

Mal: vaí, mba'asi, pochî

Manco: yîva'ÿva, yivaapá

Mariposa: panambi, panamá, panã (arc.)

Mentiroso: tecoveyapú, yapú, churé

Mercadería: mboverepî, ñemumbî, temiñemú

*Mi che: se declina con todas las preposiciones (contornou todos os significados)

Miedo: Kîhîyé, pî'añyñÿ

Milagro: mba'eporomondihã

Mimar: mocunu'û, mochichi

Monstruo: cacuaaco'é, tuvichaité

Morir: manó (che), te'õ (poco usado), capú (reventar, sonar), poti

Mosca: mberú // -vende: mberuãi, etc

Mujer: cuña // - de mala vida: cuñambatará, aguasa (arc.)

Música: mba'epú, purahéi (canto)

*Nascer: á — marcou todas as definições

Niño: mitã (hasta los tres años)

Noche: pitû, pîharé, pîtûramo

Novela: ñe'êkîrá (arc)

Novelista: ñe'êkîrácuaá (arc), ñe'êkîrarerecuá

Nuestro —a —os —as: ñandé, ñané

Paloma: pîcasú, apîcasú (arc)

Pantano: tuyuapasusû, tuyú (barro)

Pantanoso: tuyú

Panza: tîé

Panzudo: tîeguasú, tîepetacion

Pasado: cué, gué, ngué

*Paz: ñerane'ÿ (grifou yei coparembá)

Pecado: angaipá

Peligro: ãngave'ÿ (arc)

Pelo: tangué, agué

Pintar: (ai) cutiá

Polvo: mbaecu'i, îvîcu'í, îvîtim

Pressagiar: haurõ, ha'ívo, ta'îvó

Puerco: curé, tayasú, kî'á

Recordar: yesarecó, ñe'angarecó

Relucir: mimbí, verá, yaya'é

Resplandor: tendí, verá, mimbí, tesapé

*Ruido: sunú, ndururú, pu, tîapú (circundou pîambú)

Sangre: tuguî // parentesco de -: aña

Seno: aorîé, aopîtî'aguî, cama, tití

*Sol: guarahî (contornou todos os significados

Sospechar: (ai) mo'ã (imaginar), ñemo'ã (pensar)

Suciedad: kî'á, kî'acué, yaré

Sucio: kî'á, tayasú

Ternura: pî'ámbîu

Ti.

Tía: si'i

Tierra: îvî, tetã

Tío: tuvî (-paterno), tutî (-materno)

Todo: paá, mba, etc.

GUARANÍ-ESPAÑOL

Ñandú: va. Sentir // vn. Visitar. // oír. // sentir dolor corporal o moral. // presentir. // averiguar el estado de salud.

Ñandú: s. araña // avestruz.

Ñandú: s. sentimiento

Ñandu'á: s. plumero

Ñanduaîi: s. zurrón

Ñanduapîsá: s. un árbol

Ñanducuaá: va. darse cuenta. // presentir // echar a ver.

Ñanduguasú: s. avestruz, *Rhea americana*

Ñanducavayú: s. tarántula, araña

Ñandupé: s. nombre común a todas las arañas chatas

Ñandurenimbó: s. telaraña.

Ñandurié: s. una víbora muy venenosa

Ñanduucá: va. anunciar. // hacer sentir.

Ñandutí: s. tela de araña // encaje paraguayo, tejido a mano.

ESPAÑOL-GUARANÍ

Cosa: mba'é, ma'é // ¿Qué-?: mba'epa, mba'epicó, mba'énipo, mba'étepa // sin importancia: sa'icué, mba'evereí // -propia: mba'eteé // - deseada o querida: mba'eguasú, mba'erechapîra, techapîra // - redonda: mbaeapu'á. // muchas -: hetamba'é // muchísimas: heravamba'é, hetaitereimba'é// -grande: mba'etuvichá, mba'eguasú, mba'etema // -temible: mba'eporomondîi-va, mba'ekîhîyehá // linda: mba'eporã, mba'eangaturã, mba'ecatupîrî // - inútil: mba'ereí. // -llana: ipecatú // - perfecta: mbaeangaturã, mba'ecatupîrîeté. // -vil: mba'eaîví // - de variados colores: mba'epará, yopará. // Abismo: tugua'y // -de mar; paraîpîpucueté, paraîpîeté, parahîpîeté // -de tierra: îvîguîpeté, îvîapîté.

8. A PRIMEIRA EDIÇÃO

A primeira edição de *Mar Paraguayo* foi publicada em 1992, em coedição entre a Editora Iluminuras e a Secretaria de Estado da Cultura do Paraná. Néstor Perlongher escreve o prefácio, "Sopa Paraguaya", comparando a novela à sopa mais sólida do mundo, uma iguaria da culinária tradicional paraguayensis feita de milho, queijo, cebolas, ovos e sal, ao forno[19]. A "orelha" foi escrita pela professora e crítica literária Heloisa Buarque de Hollanda. Samuel Leon, o primeiro editor da obra, relata que "O livro saiu no dia anterior à noite da morte de Néstor. Corri para o Hospital Oswaldo Cruz, para lhe entregar o livro. Encontrei uma amiga íntima sua, a psicanalista Graciela Haiydee Barbero saindo do quarto desolada. Néstor estava delirando, já não reconhecia ninguém. Mas quando lhe apresentei *Mar paraguayo* aconteceu um momento epifânico: saiu do delírio e se conectou com o livro e comigo, passando a discutir direitos autorais. Durou um instante, segundos, não sei precisar. Foi incrível. Logo voltou ao estado anterior e mais tarde morreu". Néstor Perlongher faleceu em São Paulo no dia 26 de novembro de 1992. *Mar Paraguayo* começa então a caminhar com as próprias pernas,

---

[19] Existem várias versões sobre a origem da "Sopa Paraguaya". Uma delas informa que o prato surgiu durante o tempo de López, quando deixam ao forno, em fogo lento, para que não esfriasse, uma sopa de milho com cebolas, ovos e queijo. Na hora de servir, retiram a sopa líquida do forno, mas ela agora se encontra em estado sólido, e alguém exclama "ah, esta es la famosa Sopa Paraguaya!". Todos os que experimentaram aquela sopa sólida, disseram que havia ficado saborosa e, de boca em boca, a receita se espalhou por todo o Paraguai.

a circular pelas livrarias, mas a recepção crítica vai começar, de forma tímida, somente em 1993. Apenas alguns poucos leitores se deram conta de que o impagável papiro de Wilson Bueno era um acontecimento, uma obra que continuava a expandir as geografias linguísticas da literatura brasileira, que não era mais escrita apenas em uma única língua, mas também em tupi e português como em *Meu tio o Iauaretê*, de Guimarães Rosa; em português, guarani e castelhano com sabor paraguaio como em *Mar Paraguayo*, de Wilson Bueno; em português, espanhol e inglês como em *A verdadeira estória/história de Sally Can Dance (and The Kids)*, conto de Caio Fernando Abreu; ou à maneira plurilíngue, como em *Galáxias*, de Haroldo de Campos. Depois de três anos da primeira edição, *Mar Paraguayo* cruza fronteiras e começa a ser lido e comentado por leitores atentos de várias partes. Fragmentos da novela, que por alguns críticos é considerada mais próxima da poesia do que da narrativa balzaquiana, aparecem em *Medusario*, relevante antologia da produção poética hispano-americana de índole neobarroca organizada por Roberto Echavarren, Jacobo Sefamí e Jozé Kozer, que foi da maior importância para a difusão de *Mar Paraguayo* em âmbito hispano-americano. Muitos leitores se banham por primeira vez nas olas trilíngues de *Mar Paraguayo* a partir dos fragmentos publicados nessa antologia.[20] Após a publicação de *Medusário*, começam

---

[20] A antologia *Medusario* apareceu por primeira vez no México, em 1996, pelo Fondo de Cultura Económica. Posteriormente, foi publicada na Argentina, em

a aparecer as edições estrangeiras. Um ano depois, o *Diário de Poesía*, que era publicado na Argentina (Buenos Aires-Rosario), e também circulava no Uruguay, estampa em sua edição de "Verano 1997/1998", *Mar Paraguayo*, de Wilson Bueno, com o prólogo "Sopa Paraguaya", de Néstor Perlongher, anunciando, à capa, que se trata de "una novela experimental escrita en portuñol mechado de voces guaraníes".

9. EDIÇÕES CHILENA E ARGENTINA

Em 2001, *Mar Paraguayo* foi publicado no Chile, pela Editora Intemperie, com prólogo original de Néstor Perlongher e epílogo de Andrés Ajens. Em 2005, dez anos após a publicação de *Medusario*, *Mar Paraguayo* é publicado pela primeira vez na íntegra na Argentina, por Ediciones tsé=tsé, de Buenos Aires, em sua coleção Archipelago. A edição foi organizada pelo poeta peruano-argentino Reynaldo Jiménez, e traz em anexo três estudos breves: *La subversión de las aduanas*, do próprio Jiménez; *Paranalumen*, de Andrés Ajens; e *Imprevistos de la vida, torsiones del lenguaje*, de Adrián Cangi. Os três estudos são notas de leituras e ao mesmo tempo celebrações desse acontecimento chamado *Mar Paraguayo*. Para Reynaldo Jiménez, "No seria posible

2011, pelo selo *Mansalva*, do poeta Francisco Garamona. Em 2017, a *Editorial RIL* publicou-a no Chile.

establecer coordenadas o patrones de lectura para libros como *Mar Paraguayo*". Segundo Jiménez, a poesia de *Mar Paraguayo*, "nacida para la insumisión admite (estimula), además, la lava volcánica de la lectura en entrelínea". Andrés Ajens, por sua vez, apropria-se do portunhol de Bueno para celebrar *Mar Paraguayo*: "nel medio das águas, no rio, extremamente navegado e fumaza, mas nunca con la hipocresia pálida das señoras fechándose en sus lutos y deseos de amar guardados nas plagiarias cristaleras, mar & afonía bebida como se van las botellas náufragas con un mensaje dentro: mostro-o, o duplo "o" dese osso marinho, y/o moroso resto, monstruosidade que no tem quê mostrar sino, nada que nada, o mostrar mostrándose asimismo, ostra dentro". O ensaio de Adrián Cangi é o mais extenso. Para Cangi, "Perlongher tanto como Wilson Bueno valora la posibilidad creadora que el error de los desplazamientos entre lenguas produce. El error también se cultiva a fuerzas de velocidades de experimentación que generan vacilaciones, oscilaciones, tensiones o como quería Leminski, metamorfosis, condensación o superposición. Aquello que importa es que el error así entendido se vuelve expresivo y se prodiga en procedimientos de composición. De este modo la literatura busca su diferencia frente a las formas homogéneas y recrea su hueco para poder existir". Cangi também afirma que "Wilson Bueno produce una 'cinta de infralenguaje', modo en el que Barthes señala el estilo ligado al placer del texto, sin desdeñar una fuerte subjetividad corpórea que atraviesa sus páginas. Más allá que el poeta crea en entidades producidas por el lenguaje exclusivamente, no se trata en sus textos de máquinas para hacer ángeles, es decir, especializadas en castración y erradicación de las emociones, sensaciones y percepciones. Por el contrario, vibra algo lumpen en su *ars literaria*. En las fábulas y mitologías, en las mezclas y compuestos hay recodos para secretos, hay escondites de seducción y encantamiento, para que lo real y lo imagético no pierdan su vitalidad y potencia". O lançamento de *Mar Paraguayo* na Argentina foi uma festa. "Me deu muita alegria", comenta Wilson Bueno.[21] A revista *Grumo*[22] publicou um dossiê abarcando a sua obra. Segundo Bueno, "o lançamento do *Mar Paraguayo* argentino, [foi] surpreendente, num espaço punk pesado... Lotado... Heavy-metal... Um show...".[23] Durante a estada em Buenos Aires, Bueno fez uma leitura, no MALBA (onde também lançaram a revista *Grumo*) de um fragmento do livro, à época inédito, *Novêlas Marafas*[24], que considera suas "sagaranas portunhólicas, no mais salvaje portunhol mesclado de guarani, essa língua encantada...".[25]

---

[21] Entrevista concedida ao site do jornal *Gazeta do Povo*.
[22] *Revista Grumo*, Brasil-Argentina, Literatura e Imagem, número 4, nov. 2005.
[23] Entrevista concedida ao site do jornal *Gazeta do Povo*.
[24] *Novelas Marafas,* Wilson Bueno; Editorial La Flauta Magica; Montevideo, 2018.
[25] Entrevista concedida ao site do jornal *Gazeta do Povo*.

10. EDIÇÃO MEXICANA

A edição mexicana de *Mar Paraguayo* foi publicada em 2006, em coedição entre a Editorial Bonobos, de Toluca, e o FONCA.[26] O poeta uruguayo Eduardo Milán anota, na apresentação desta edição, que "la noticia es feliz: la publicación de *Mar Paraguayo* (...) en México es un acontecimiento, algo infrecuente, un hecho literario". Para Milán, *Mar Paraguayo* foi "escrita en portugués y español, no en portuñol con exactitud, unas veces en la otra, la mezcla no es imperativo, impera la conjunción, esta 'novela' (...) es una especie de punto alto de la denominada nueva escritura conosureña, que integra, ya sin restriciones por lo menos autorales, a la escritura producida en aquella zona de la lengua castellana en abierto dialogo con la poesia y la literatura más radical de Brasil. 'Novela' no. Porque — como dice Nicanor Parra — la novela 'no vela'. Y el texto de Wilson Bueno *vela*: ve más allá, cuida las armas del lenguaje, les rinde honor, profesa una profanación de lo que no es, no separa sino que diferencia, enciende un fueguito para que lean los medievales del futuro que ahí, en el texto, no hay ningún cadáver". Para Milán, "lo que dice Perlongher es cierto: El mérito de *Mar Paraguayo* reside (...) en esa indeterminación que pasa a funcionar como una suerte de 'lengua menor' (...), que mina la impostada majestuosidad de las lenguas mayores (...)". Esta edição mexicana é a que, mais que apenas revisada, foi de certo

---

[26] *Mar Paraguayo*. Wilson Bueno. Toluca: Bonobos/FONCA, 2006. Ed. Trilingüe.

modo passada a limpo por Wilson Bueno, que em e-mail ao editor da Bonobos, Santiago Matías, anota: "Santiago querido, trabalhei duro depois que consegui abrir seu anexo. Gostei muitíssimo, em seu projeto editorial, dos espaçamentos entre parágrafos (deu uma leveza e uma sorte de "respiração" feliz para todo o texto). Grato pelas carinhosas atenções. A seguir, algumas correções que não foram feitas quando da edição argentina. Deste modo, nossa edição mexicana passa a ser a edição referencial. Depois de todo corrigido, me gustaria de una cópia tipeada de los originales, ok? De preferência, quando do envio, em outro programa que não o Acrobat, que foi com o qual consegui, no computador de um amigo, abrir o seu anexo... Bem, aí vão as revisões, com alguns acréscimos que considero essenciais, como a pequena nota que aí segue, em português, e que deverá ser vertida ao espanhol, e que poderá ser colocada, ao final do livro, depois do elucidário, em fonte de pequenos puntos, ok? Outra: ao final da presente lista, você verá, copiei, com minimas adaptações, a apresentação, já em espanhol, deste vosso escriba, publicada na edição argentina do livro. Importante para situar o autor, n'est pas? Eis a pequena nota a ser traduzida ao espanhol que deverá ir ao final do volume: "Os acentos do guarani foram adaptados aos disponíveis em espanhol e português. Fontes: *Gramática Guaraní* — T. Osuna; *Toponimia Guaraní* — A. Jover Peralta; Dicionário Guaraní-Español / Español-Guaraní — A. Jover Peralta y T. Osuna (Artes Gráficas de Vinne, Asunción, 1984)". Segue, no mesmo e-mail, de 26 de janeiro de 2006, uma LISTA DE ERRORES, com trinta notas, e ao final uma nota biobibliográfica. A edição mexicana, com a revisão e os acréscimos feitos pelo autor, a partir de 2006, passa então a ser a obra de referência para futuras edições de *Mar Paraguayo*. Após a edição mexicana, foram publicadas mais duas edições: uma nos Estados Unidos e a outra na França.

11. EDIÇÃO NORTE-AMERICANA E FRANCESA

Na primavera de 1994, a revista *De Azur*, editada pelo poeta dominicano Leandro Morales, e publicada pela Columbia University, estampa alguns fragmentos de *Mar Paraguayo* no original trilíngue, apresentados pelo prólogo "Sopa Paraguaya", de Néstor Perlongher, na versão em castelhano, e uma série de poemas inéditos em livro, de Wilson Bueno. Em 2009, foi publicado *Mar Paraguayo (excerpt)*, com tradução da poeta canadense Erín Moure, na antologia *The Oxford book of Latin American Poetry*, organizada por Cecilia Vicuña y Ernest Livon-Grosman.[27] Segundo Erín Moure, nessa primeira experiência, porque se trata de uma tradução como experimento, ela traduziu dois pequenos trechos de *Mar Paraguayo* transformando o portunhol de Bueno impregnado de guarani em "Franglawk", combinando

[27] Ernest Oxford, New York: Oxford University Press, 2009. pp.482-486.

inglês, francês e kanien'kehá, do povo Kanien'kehá:ka (Mohawak[28] no vocabulário dos antigos colonizadores), ou seja, vertendo o portunhol para uma mezcla de inglês e francês, que ela chama de "frenglish", a língua inglesa contaminada de Montreal, onde vive — um lugar que ela considera ser terra usurpada dos kanien'kehá:ka pelos colonizadores; e traduzindo o guarani para o kanien'kehá. Erín Moure encontrou as palavras originárias kanien'kéha-Inglês, em um dicionário muito limitado, na internet, e traduziu o guarani para o kanien'kéha, sem conhecer a língua, que segundo ela também é aglutinante como o guarani. Atualmente existem apenas 2.500 falantes dessa língua kanien'kéha:ka. "Embora Bueno e outros insistissem para que eu continuasse, consegui manter a cadência apenas por algumas páginas", explica Erin no posfácio da edição norte-americana; "eu não tinha recursos então para ajudar com kanien'kehá, e os dicionários online eram mínimos na época". Ela também não queria "que a língua kanien'kehá tolamente 'substituísse' o guarani." Erín aclara que seu frenglish inventado "é um inglês que contém um francês, inspirado no inglês de Quebec, mas intensificado. Não é realmente legível em francês, apenas em inglês, enquanto o portunhol de Bueno é bastante legível em espanhol e bastante legível em português". Para traduzir a obra na íntegra, a língua guarani apresentou maior dificuldade. Para a edição

---

[28] Mohawk (kanien'kéha) é uma língua falada atualmente por cerca de 3.500 pessoas da nação Mohawk, localizada principalmente em territórios Haudenosaunee (grupo nativo norte-americano) atuais ou antigos, predominantemente no Canadá (sul de Ontário e Quebec) e, em menor número, nos Estados Unidos (oeste e norte de Nova York).

norte-americana de *Paraguayan See*, que foi publicada em pela *Nightboat Books* em novembro de 2017, Erín conta que, "ao atender as tensões e ritmos entre o trio de línguas de Bueno", ela queria uma versão que fosse um mix trilíngue, mas ainda legível em inglês. Para a versão integral da obra, Erín decidiu manter o guarani, traduzindo apenas o "Elucidário" para o inglês, porque preferiu levar em conta a advertência de Bueno de que o guarani é essencial para o texto, "pois o guarani irrompe de seu texto a cada costura, mesmo a mais infinitesimal, e suas epistemologias e relações são cruciais. Com seu guarani e meu francês inventado, trabalhei para respeitar as ondulações misteriosas e belas da prosa poética de Bueno e criar um texto que permita ao falante de língua inglesa, espero, ler a beleza e a radicalidade do *Mar Paraguayo* de Wilson Bueno". Para Erín "pode ser mais fácil de ler para um falante canadense, exposto ao francês. Quanto aos outros falantes de inglês norte-americano e transatlântico, eles acharão um pouco mais misterioso, mas penso que cairão em seu ritmo. Inevitavelmente, então, minha tradução obriga os leitores de língua inglesa do *Paraguayan Sea* a enfrentar a ilegibilidade de uma forma que o original portuguaranhol não o faz. Espanhol e português, por sua proximidade linguística, trabalham sincronicamente no texto de Bueno, lado a lado, mantendo o tempo, caminhando na mesma direção, enquanto o guarani interrompe ritmicamente, e também encaminha os leitores para o elucidário ao fundo (tornando o livro um verdadeiro "virador de páginas", uma escultura cinética que inclui nossas mãos) para apreender significados. O livro tem de ser segurado nas mãos, movido: o corpo interrompe o desenrolar da narrativa pulando páginas para chegar ao elucidário, uma e outra vez. Em *Paraguayan Sea*, porém, como o inglês e o francês são menos próximos, nem sempre operam sincronicamente, mas sim diacronicamente, rompendo o movimento do tempo e também o ritmo". Erín espera que *Paraguayan Sea*, "forneça uma resposta à questão de como criar no "no traducir", no "ne pas traduire", que é criar em sincronia com a *mise en abyme* ou entre-lugar da tradução". Na conclusão de seu posfácio, rico em observações desde o ponto de vista de uma poeta e tradutora da América do Norte, Erín afirma que "nenhum texto está fora dessa possibilidade, desse alcance de sua própria linguagem. O importante é, para citar Néstor Perlongher sobre Wilson Bueno, 'criar uma linguagem menor (no sentido deleuziano) que 'mine a majestuosidade das línguas maiores', inscrevendo assim o risco diretamente na estrutura, como o fez Wilson Bueno, para nos conscientizar da fragilidade de todas as linguagens, de todos os seres, de todos os corações"[29]. Wilson Bueno considerava o trabalho de Erín Moure uma "diabólica tradução do intraduzível". Estava maravilhado com a versão para o "frenglish" e "o guarani sendo substituído pelo mohwac". Bueno também menciona uma tradução integral do livro a ser feita pelo schollar americano Chirstopher Larkosh,

---

[29] Posfácio de Paraguayan Sea, de Erín Moure.

de Chicago, para o spanglish. Larkosh decidiu abolir o guarani de sua versão, porque não encontrou uma língua para substituir o guarani. Não se tem notícia de que essa tradução, anunciada para 2010, foi publicada. Bueno leu alguns trechos e considerou "poesia pura a expressão torturante e torturada do spanenglish", apesar da tradução de Larkosh ser contrária a advertência sobre a essencialidade do guarani para a obra. Nessa época, Bueno recebia com alegria as notícias sobre *Mar Paraguayo* que vinham da América do Norte. Em uma das raras entrevistas a um jornal de Curitiba, comenta que ficou comovido ao saber que "circulam entre hispânicos de Nova Iorque fotocópias de *Mar Paraguayo*, estropiadas algumas, cheias de rabiscos e anotações...". E acrescenta: "Escrevemos para ser amados, é sempre uma busca de mais e mais amor hasta la derradera ternura... Aliás, perdi totalmente o controle do *Mar*... Ora é objeto de seminário na Universidade do Cabo, imagine..., ora é tema de uma conferência na Sorbonne... Em Berkeley, além de estudos em revistas especializadas da UCLA, foi tese de mestrado... Na nossa gloriosa USP também... E em BH e em Porto Alegre e em Santa Catarina, e nos Mato Grosso..."[30]. Após a edição norte-americana, uma edição fac-similar da primeira edição de *Mar Paraguayo*, de 50 exemplares, organizada por Antoine Barral, foi publicada na França, nos primeiros meses de 2020, pelo selo *Les Lettres de Mon Trapiche*.

---

[30] Entrevista concedida ao site do jornal Gazeta do Povo.

Wilson Bueno no jardim da casa de seus pais.
Foto: Maria Aparecida Bueno

ALGUMAS LEITURAS

IMPREVISTOS DA VIDA, TORÇÕES DA LINGUAGEM

Adrián Cangi

"A vida — causticante e feroz,
Uns dias, tango; outros, puro bolero-canção"

Wilson Bueno

IMPREVISTOS

Seguindo a estela do poeta Néstor Perlongher conheci Wilson Bueno no final do século passado. Artimanhas da retórica! Há apenas alguns anos, apesar de que na minha memória, assim como na gramática, o instante do encontro perdura no longínquo. Tinha lido até então, *Manual de Zoofilia*, em umas amareladas fotocópias e *Mar Paraguayo* cuja notícia me vinha através do Perlongher. Adquiri um exemplar numa livraria paulista muito tempo depois de sua edição, como um objeto fetiche desejado por anos. O xamã que abria as portas do insondável Brasil, havia falecido e como último dom viu naquele livro uma profunda novidade, um milagre de indeterminação exemplar, uma língua mista constituída em devir. Os poetas profanos da língua rio-platense, como Perlongher e

Echavarren o admiraram, porque intuíam que em sua vida e escritura o estilo vem de baixo. Wilson Bueno o praticou emaranhando sua escritura com o paraíso de intensidades nas noites do Baixo Leblon do Rio de Janeiro. Da bruma à figura, existem milhares de dobras imperceptíveis que o poeta narrador percorreu como um verdadeiro pó de percepções. Entre alucinações e delírios, entre despautérios e torções, o imperativo da língua faz nascer um pó que se levanta.

Numa tarde de domingo, no bairro Jardins, em São Paulo, onde morava à época, toca o telefone. Era o editor e amigo Samuel León. Me disse: "Gostaria de entrevistar a Wilson Bueno?". Escuto, relaxo e penso — talvez amanhã — desejoso de preparar o convite. Ao mesmo tempo respondo com "um sim entusiasta nessa tensão irredutível entre pensamento e palavra". A voz ao telefone indica com precisão, te espera em meia hora. Crispado saio em louca disparada em direção ao lobby de um hotel do centro da cidade. A voz me alerta: "Está de passagem. Veio participar como júri de um prêmio e já retornando ao Paraná, em Curitiba". Apressadamente penso em algo para iniciar a conversa e trato de recordar a impressão que me havia deixado a pequena foto do poeta. Imagem desvanecida pela velocidade dos acontecimentos. O ritmo vai conectado à desejada presença do outro. Parti, cheguei e esperei. Wilson Bueno demora. Chega, intuo um olhar, umas formas. Se move expressando movimentos, dono de uma coreografia sensível. Nos aproximamos. Me diz: "Desço as malas e tenho alguns minutos". Tudo se acelera. Na minha frente, lhe pergunto: "Como conheceu Néstor Perlongher?" A resposta seca e sorridente: "Por telefone", logo se corrige, "Me enviou uma carta, para a redação da revista Nicolau, logo tivemos uma imersão telefônica. Nunca o vi, mas era como se nos conhecêssemos desde sempre."

Penso em Perlongher sempre desejoso de encontros corpóreos, táteis e auditivos — plenos de imediatez própria dos jogos eróticos, como quem pressente e lança olhares — como um minucioso cartógrafo de micromovimentos do desejo. Imagino-o em suspensão telefônica. Suprema ironia para quem desdenhou da comunicação à distância no teatro da língua, em discordância com os vários tons de dizer a distância. Que cálculo o havia levado a isso? De nenhuma maneira a distância territorial para quem, com quarenta graus de febre, se embrenhava no Acre amazônico em busca do Daime. A conversa telefônica se sustentava num descobrimento, "acontecimento", dizia o poeta, se tratava de *Mar Paraguayo*. Livro cujo prólogo escreveu, com o último texto antes de morrer. "Sopa paraguaya" enuncia que o acontecimento, quase imperceptível, "provoca uma alteração nos hábitos cotidianos e, acaso, em nossos ritmos cósmicos: uma perturbação que tem um não sei quê de irreversível, de definitivo". Esse acontecimento era a invenção de uma língua que fazia sua morada, como se sempre estivesse estado ali.

O corpo de Perlongher havia perdido as forças para viajar ao Paraná e para a correspondência, gênero que cultivou com Wilson Bueno. As marismas da febre o prostravam, o tempo que impunha sua forma, a corporeidade desejada se desvanecia e a prótese telefônica naturalizava a conversa à distância. Perlongher usou este meio para tradução de seus poemas colaborando com Josely Vianna Baptista, tradutora minuciosa de Lezama Lima. Anos antes, o telefone protagonizara uma colaboração magistral e surgia *Lamê*. Como uma marca, lembro uma ágil conversa com Jorge Schwartz, que coordenava a tradução de Borges ao português e me relatou uma sustentada tradução telefônica dos poemas de Borges com Glauco Mattoso. O ritmo da voz à distância unia ambos empreendimentos e uma urdidura de amizades.

Imaginei que a conversa entre Wilson Bueno e Néstor Perlongher poderia, apesar do acontecimento, tornar-se trágica. Mil novecentos e noventa e dois absorvia a bravura e a coragem do poeta argentino. A voz de Wilson Bueno me surpreende novamente e diz: "desfrutávamos da conversa". "Apareciam muitos personagens em Néstor e tudo se movia ao ritmo da conversa, apertadinha, banal em uma mistura de línguas e vozes femininas prontas para o humor".

Finda o tempo, chega o táxi que o levará ao aeroporto; ele não titubeia e me embarca junto e me diz: "assim não continuaremos por telefone, ri e a conversa toma outro rumo". Wilson Bueno desdobra um atalho em direção ao passado e diz: "venho de uma geração festiva e cheia de excessos. Usava os cabelos compridos e cacheados e vivia a agitação do desbunde, misturado com noites psicodélicas e vida tresnoitada. As noites do Baixo-Leblon no Rio eram um paraíso de intensidade, uma viagem que abria o corpo". E se alonga pensativo: "com Perlongher compatilhávamos a mesma experiência e intensidade na voz, o telefone vibrava". A morada telefônica atualizava uma virtualidade comum: o desborde emocional de uma expressão liberada. Wilson Bueno partiu, logo recebi um livro pelo correio. Escrevi alguns textos sobre sua obra. Tentei alguns *e-mails*. Nos escrevemos com carinho, mas o que triunfou foi aquele momento em fuga e a força vertiginosa da pegada, até o dia trágico na qual Roberto Echavarren me conta do sangue de seu corpo no chão da casa. Me conteve no pesar e me convidou para escrever em sua memória

Retomo a leitura de *Manual de Zoofilia, Olhos d'água, Mar Paraguayo, Cristal, Pequeno Tratado de Brinquedos, Jardim Zoológico* e lembro que, no táxi em direção ao aeroporto, Wilson Bueno narra passagens de seu herói *Meu tio Roseno, a cavalo* em tom de fábula. Que possuem em comum estas obras? Para um leitor que descortina os clarões como Leminski, uma fronteira entre o registro real e o imaginário, num misto inseparável de prosa e poesia. Dono de uma subjetividade literária ou de uma "ficção útil" da própria vida, o paranaense é capaz de registrar os "mini-eventos do cotidiano". É um "caçador de gente", dono de uma mitologia pessoal e literária. Sua obra é uma invenção da linguagem, uma prosa onde brilha a poesia herdeira de Guimarães Rosa e comparável é sua busca com a melhor tradição de Lezama Lima. Constrói um entre-lugar e o chama de seu *Amarcord*, figura de fervor literário que Perlongher chamou *Altazor*. Espaço onde a intensidade produz vertigem entre línguas, com a força de uma paisagem própria e costumes ancestrais que se fundem em um translinguismo migrante das fronteiras interiores das nações.

A compulsão desta escritura se move atraída por um segredo, onde todos os componentes linguísticos e sonoros, indissolúveis línguas e falas, estão postos em um estado de variação contínua. A língua consegue escapar do sistema de domínio que a organiza. Essa variação depende da ressonância entre línguas tanto quanto uma dicção deformada ou balbuciada, produto das mesclas. Não se trata, em Wilson Bueno, somente da fluida combinação de três línguas explicitamente — português, espanhol e guarani — ou de sua fusão velada, mas sim do descobrimento de um "inframundo" ou de uma "raiz molecular" dentro da própria língua, de um translinguismo na própria língua, com um mínimo de constantes e de homogeneidade estrutural. A variação contínua se aplica tanto aos componentes sonoros como linguísticos, buscando aquilo que o filósofo Gilles Deleuze chamou: "cromatismo generalizado".

Wilson Bueno se move desde a infância a *Meu tio Roseno, a cavalo*, dos campos repletos de capim-limão às topografias paranaenses, onde a paisagem é acima de tudo a "cintilação" ou ritmo poético da língua, que é sonhada sem nenhuma lei, dando vida a um mundo submerso. O poeta sinalizava com clareza em seu mundo literário, as personagens e as paisagens são "entidades produzidas pela linguagem, pelo absurdo, o imprevisto e as torções". Perlongher tanto quanto Wilson Bueno valorizam a possibilidade inventiva que o erro dos deslocamentos produz entre as línguas. O erro também cultiva a força de velocidade de experimentação que gera vacilações, oscilações, tensões ou como queria Leminski, metamorfoses, condensações ou sobreposições. O que importa é que o erro assim entendido se torna expressivo e pródigo em procedimentos de composição. A literatura busca sua diferença diante das formas homogêneas e constantes para recriar seu espaço vazio e insistir e poder existir. Wilson Bueno produz uma linha de infralinguagem, modo na qual Roland Barthes sinaliza o estilo ligado ao prazer do texto, sem desdenhar uma forte subjetividade corpórea que atravessa suas páginas. Para além do que o poeta cria em entidades produzidas pela linguagem exclusivamente, não se trata em seus textos de máquinas para fabricar anjos especializados em castração e erradicação das emoções, sensações e percepções da carne.

Algo errante vibra em sua *ars literaria*. Em suas fábulas e mitologias, nas mesclas e compostos existem curvas secretas, existem esconderijos de sedução e encantamento, para que o real, com suas imagens instáveis, não perca a vitalidade e a potência. O procedimento molecular utilizado por Wilson Bueno em *Mar Paraguayo* ensina a adentrar nas coisas dissociando as partes para reapresentá-las. Coisa, nome e propriedade convivem como torção da língua e como língua que põe o mundo em tensão. Texto inflacionário que avança fonicamente fazendo próprio o naufrágio e repovoando o Paraná de impossibilidades: como o mascote inexistente chamado *brinks'michîmirá'itotekemi* em guarani. Entidade afetiva que ao estender-se na gramática em sufixos e diminutivos desaparece do mundo. Sobre a minha escrivaninha, a edição da Iluminuras de 1992 está sobreposta à edição da Intemperie de 2001, traduzida em Santiago do Chile por Andrés Ajens, con prólogo original de Perlongher e epílogo de Andrés Ajens, mutação ou desdobramento do tradutor em um mundo onde o erro é virtude. Esta edição me foi dada por Ajens em um recanto de Córdoba que se tornaria presságio do texto e obra de Wilson Bueno: Salsipuedes do artifício paranaense quando compreendas os naufrágios desejos sem limites nem fronteira, desta língua inventada, que em sua perturbação, *mistura ou erro* veio para ficar e nomear espaços sensoriais e perceptivos no real.

O principio de Lucrécio triunfa nos desejos de Wilson Bueno. O real se compõe deste mundo do qual podemos ter uma percepção parcial (*haec summa*) e do conjunto dos mundos dos quais não podemos ter quase nenhuma percepção (*summa rerum*). A vontade molecular e sua desmesura buscam o detalhe para nos convencer de sua verdade. Finalmente a sordidez alcançada se esfuma em um jogo de linguagem. Nesse jogo, se expande a percepção parcial das coisas e também, como um acréscimo, o conjunto do mundo do qual não tínhamos percepção alguma. O caráter único, irremediável e inapelável do acontecimento, quando se nos é permitido ver e compreender, é uma camada a mais do real, onde os paradoxos vivem como alargamento do mundo. Salsipuedes então, de *Mar Paraguayo*!

INFERNO

Assim como a felicidade "é um cristal diante do sol", o inferno é "uma pedra diante do sol". A *marafona* do balneário, a rainha-dama do cabaré, descortina signos de repetição entre a felicidade e o inferno, entre o brilho do cristal e a opacidade da pedra. A mundaneidade é a cada instante alteração e mudança. A mudança em *Mar*

Paraguayo é da ordem da falha/carência que atravessa diversos roçares. Diremos que em "cristal diante do sol", signo de tempo feliz, se funde em um turbulento emaranhado cristalino que expressa uma distribuição aleatória e inconstante. A entropia máxima ou o estado de morte se apresentam de início como a grande mutação figurativa que sela a sorte da Marafona. "Mi mar. La mer. Merde la vie que yo llevo en las costas como una señora digna cerca de ser executada en la guillotina". Como se a tendência natural afirmasse que toda coisa procura se aproximar ao seu estado caótico, em *Mar Paraguayo* a felicidade é o "*mar*" tal qual o inferno é a "*merde*". O movimento da Marafona vibra como um cristal do tempo que é fulgor e carência, brilho e opacidade. Guaratuba, como localização balneária, é "mar" e "cabaré". Se o "mar" alucina pela imensidade oceânica de ondas e por seus azuis, o "cabaré" se faz lembrar pela intensidade das noites cheias de pós e brilhos. Tudo é imensidade e intensidade deformante e abismo. Abismo do corpo forjado na solidão do profundo guarani e no destino marcado pela ausência de ondas e de azuis.

As solidões são o começo do inferno: "uno se queda solo y ya es lo bajo añaretã. Uno se muere e todo se raspa al infierno. Uno se va, criolo vagabundo de los caminhos, rufión ô gigoló, e acá se pone, de nuervo, de nuevo, de novo el infierno" (...) "El infierno, añareta, existe y se pone contra el mar, el cielo..." Se, nas *Soledades,* Góngora apresenta o oceano como o criador do peregrino (*Do oceano, pois, antes sorvido, / e logo vomitado*), Wilson Bueno faz do mar a constituição da percepção e do destino. ("La primera vez que me acerquê del mar, o que havia era solo el mirar en el ver" (...) "¿Mi mar? Mi mar soy yo. Ĭya."). Quando a *marafona* quer se acomodar ao que vê, o que olha é o abismo. O "mar" é um abismo azul, o "*cabaré*" é o âmago do inferno. A terra guarani se tece de dores sem-fundo e abismos de solidões. Só parecem possíveis circunlóquios entre abismos e lacunas. A sorte da "marafona" se lança nos circunlóquios ou nas "*la dança bruja de las horas*". "*Es la dança en el abismo dos vocacionados a lo equilibrismo*". A "*marafona*" reina no "*cabaré*", na superfície dos circunlóquios de uma língua sutil e entre as línguas feitas de restos. Como em "Chola, o el precio" de Perlongher, *Mar Paraguayo* desdobra o profundo das coisas no encerramento entre festivo e prostibulário. O inferno é concreto, duro e espectral, é tão concreto como a deformação própria de cada coisa que coexiste com seu fantasma.

Dante construiu o inferno como um gélido sistema marcado de repetições que atuam como deficiências circulares. A cada pecado um círculo de repetições, a cada círculo o peso da gravidade da pena. Gradação que culmina no mesmo corpo gélido do demônio. O âmago gelado de todas as mesclas se sustenta no corpo infernal. Em *Mar Paraguayo* os abismos concretos são metamorfoses do inferno. A deformação de cada coisa parece incomensurável às coisas que souberam dar vida, mesmo que estejam costuradas a estas em uma teia de aranha de repetições sem saídas. Não há círculos por gravidade e sim, marcas próprias a cada bifurcação. A vida para a *marafona* é uma textura de bifurcações e deformações por infinitas repetições. "Mi vida enferma, mi vida marafa de várices y cicatrices". Inscrições testimoniais de uma vida graças a seus próprios movimentos que permitem entrever a atmosfera difusa e rota que traço a traço restaura seu próprio princípio de realidade. Deformação e distanciamento estão inscritos em um mesmo mecanismo perceptivo: "el mirar en el ver". Em *Mar Paraguayo* a dimensão da paisagem, dos corpos e da língua mantém suspenso o sujeito em uma vacilação, em uma vibração perceptiva constituinte. "Era solo el mirar en el ver", se diz quando se olha o mar alucinado.

A *marafona* sabe e enuncia seus prazeres e suas dores:"soy mi propia construcción" e se converte nesse objeto puntiforme, nesse ponto de ser evanescente, com o qual se confunde seu próprio desfalecimento. A alegria da menina ao sol que descobre o "mar" alucinado se perde na escura sala dos fantasmas do "cabaré". A linha marítima se torna inatingível, oculta os traços do olhar. A escuridão tergiversa a luz solar como destino. Derrota após derrota se perde o mar como linha de fuga e se recupera como abismo trágico. O âmago da vida *marafa* é concreto como a pedra porque se trata de um horizonte perdido e de um fim imposto, em um mundo de rufiões que não cessam de despedaçar a ilusão. Qual razão move o inferno? O mundo do sexo rufião conhece uma só razão: "la del músculo de carne y sangre y espinos". O caminho da construção da *marafona* é de um olhar confessional integrado nos movimentos do desejo. A perda da linha do horizonte marítimo nos devolve uma figura ampliada, onde o espaço de olhar é inferno sob o inferno e onde somente habita a víbora que serpenteia. Esta é a razão das fronteiras de mesclas interiores da matriz perceptiva amazônica que se estende nas alucinações paranaenses.

Os circunlóquios se transformam na maravilhosa faculdade para retardar a morte pela linguagem, também das buscas que esquivam uma degradação inevitável do organismo. A *marafona* parece se alimentar de uma corrente de entropia negativa para compensar a imensa felicidade do alucinado sol marítimo. Em sua busca de instável equilíbrio tenta extrair ordem do entorno que se apresenta como uma força voraz e turbulenta. "Puede que sea el milagro, puede que sea el abismo. Paraïpïeté es el abismo todo en el mar", gorjeia a voz para a qual o vasto mar é a esperança de uma vida, que talvez já se queira morta. *Paraïpïeté*!

AMOR

A *marafona* projeta o mundo sobre a superfície de um dobramento. Avança em uma perfeição alucinatória. Como um *carrossel* que nos afronta com efeitos microscópicos a cada giro. O microscópico putrefato, sórdido e *luxuriante* cria os cenários de ansiedade e senilidade da alma-corpo alinhavada. Uma espécie de medo que, como uma atmosfera viscosa, vai ligando entre si os fatos do viver. Entre a suposta alegria e a inalcançável felicidade se misturam as "copas y espinos, garras y los huevos tan hechos". Tudo se mescla às margens do abismo e a claridade que distinguimos sai da escuridão por um processo de desdobramento. O "eu" da *marafona* é mescla de matérias processadas e fulgores de preto-azuis. Restos e mar são desdobrados no "mirar en el ver". O eu conecta duas dimensões da percepção em constante desequilíbrio: tanto da passividade obscura e confusa das mesclas como o da atividade clara e distinta que se distingue destas.

Do microscópico ao macroscópico parece haver somente um desdobramento. Os elementos atuais infinitamente ínfimos são os que dão sua singularidade ao corpo. O fundo viscoso das mesclas imprime na superfície "varizes", como mil pequenos movimentos de eclosões que se irradiam na carne. A superfície extensa do mar, como abismo microscópico, contém em suas dobras infinitos pontos cintilantes de luz sobre um plano de matéria que vemos vibrar como azul. A microscopia permite descobrir o fundo escorregadio dos afetos obscuros. O "mirar en el ver" é o centro de todas as ficções perceptivas. O eu contrai no olhar as vibrações que recebe, sendo a alma-corpo alinhavado quem conserva o que a matéria dissipa. A alma-corpo alinhavada tanto conserva como distingue climas, atmosferas e componentes. Tudo funciona em um atomismo de linhas de escuridão e luz, onde o terror pode ser beleza ou a beleza se desmoronar em uma miríade alucinatória.

A lei da "buena forma" é presa em uma oscilação desconcertante entre o âmago de todas as mesclas e a superfície dos brilhos. As figuras nada são sem seu ambiente a que estão viscosamente unidas e não são nda sem os corpos aos quais estão alinhavados ou dobrados. Assim a *marafona* não é nada sem o velho. "Yo, la marafona sin nexo del balneario, cosida a el viejo —su mas encantadora clepsidra, esponja agarrada a los restos— derrames del viejo". Apesar da *marafona* ser sua própria construção, não o é sem sua atmosfera e seu outro. E está disposta a se esgotar na possibilidade de seu ser. "Yo, la marafona sin nexo del balneario, cosida a el viejo —su mas encantadora clepsidra, esponja agarrada a los restos— derrames del viejo", Cada circunlóquio da *marafona* faz nascer à medida que realiza e se realiza nas virtuais mortes do velho. De instante a instante a possibilidade permanece porque todo o possível nunca foi levado a cabo. Se a *marafona* não é nada sem o velho é a afirmação que esgota a possibilidade em seu ser.

O velho crápula ao qual está alinhavada é sua ruína. Ele é delineado como um rasto em sombras, como o instinto de uma vida sátira e necessitada em que se mesclam gosto e martírio, gozo e orgasmo. Torturador de uma língua ávida — como brasas — que ao tocar cria consentimento. Consentimento e exuberância, concreto como a pedra e como o inferno, que nos devolve uma sombra esquálida que destila "sangre de la vena aorta por todos los poros...". Tamanha criatura condiciona a expressão clara das percepções da marafona. Tudo se torna uma gradação confusa de afetos, um "No, no lo mate porque su vida se entranhava en la mia". Neste abismo trágico: "¿Qué es el amor? ¿Una solitaria rosa en el desierto? Ô el simple sentimiento odioso de que es impossible, de que es impossible uno vivir sin que caiga y se levante, sin que levante-se y se caiga de nuevo, recorriente, sombria compulsión de los devotados a lo áspero ofício de uno querer sin conta y sin frenos".

Que tipo de amor repete a compulsão pelo áspero? O velho é para a marafona uma atmosfera de voracidade sexual e de pesada desgraça. É quem arruinou sua vida e quem nunca deixou que lhe faltasse nada. As máscaras da *marafona* vão se revelando nos circunlóquios nebulosos pela morte do velho. Morte que se repete de mil maneiras e em distintas temporalidades: "acabava de morir", "moriria", "muerto está", "muerte que se va acontecer dentro de instantes". Virtualidades da morte provocada até a morte ocorrida. Tudo acontece em um corpo que vibra desejo de matar ou morrer. De mil maneiras está a *marafona* aprisionada a essa morte, à qual agarrada em vida lhe permitiu desdobrar o âmago sórdido e frágil das percepções do corpo do velho.

Mar Paraguayo é uma inclinação aos afetos de martírio e júbilo, de sangue e vidro como as duas faces do cristal. A terra feita de ilusões e espantos calcina as almas com luz solar, até nos devolver corpos deflagrados de derrames súbitos, onde a noite e o mar alucinado escondem sombrios mistérios. "Yo apenas sê que vivir gasta y tento el viejo como la más exata constatación de esto destino triste, achy, esto tierra cargada por el mal y el karma, nuestra tierra hecha de desilusiones y espanto, dorida tierra calcinada por la angustia y la mala hora, esta aqui que casi me hace morir, a cada huesso de dia ô a los arremates del minuto y sus bordados secundos". O áspero sol pode secar tudo: as paisagens, os corpos e a língua. Restam prostíbulos vazios e mortos atravessados de sexo. O punitivo calor de luz alucinada é o cerne de uma nova língua. A estranha verdade confessional da *marafona* é uma corrida em direção ao túmulo marcada pelos sinais da necessidade de uma vida. Trata-se de uma confissão alógica tramada pelo clímax da paixão em que o amor e o amado são cifras de puro engano. O mundo do amor é uma extensa prisão, como um campo de extermínio e um pequeníssimo afeto-cão que se confunde com uma exclamação.

LINGUAGEM

Na noticia de *Mar Paraguayo* diz: "yo desearía alcançar todo que vibre e tine abaixo, mucho abaixo de la línea del silêncio. No hay idiomas aí. Solo la vertigen de la linguagem. Deja-me que existe". Wilson Bueno empreende uma experimentação na linha da impossibilidade, nas bordas do silêncio e fora dos idiomas. Experimentação com os restos ilocutórios, com as ressonâncias e as passagens entre os sentidos, com as semelhanças fonéticas para além do sentido. Tenta alcançar a língua rude em mutação por proximidades vividas. Busca o ritmo frágil dos demorados silêncios das sestas. Faz eclodir uma língua sutil onde "las cosas son más cortas y se agregan con surda ferocidad". Língua que oscila entre a humildade e a humilhação permitindo a invenção. Certas instâncias não existem mas é como se existissem. É o caso de *Brinks*, mascote da *marafona* denominada "precária negación del infierno con que tentamos driblar a la muerte, se non su única afirmativa".

Brinks'michĩmirá'itotekemi é a afirmação do afeto imperceptível, do gesto microscópico que aglutinando sufixos alcança presença na língua e ausência como objeto. Invisível, inexistente como objeto, o *Brinks* afirma uma existência humilde. Tamanho paradoxo da língua que inventa na extensão uma intensidade vertiginosa e escorregadia. Um cão do tamanho de um signo de pontuação, de "una coma móbile y bifurcada" é um ritmo e uma atmosfera, um rastro e uma velocidade. Descobrimos que se trata de una "palabra-pájaro", que presentifica o mito guarani do *suruva*. Algo nos indica no transcurso de *Mar Paraguayo* que os sufixos pesam menos que os advérbios. O sufixo acumulado resulta evanescente, o advérbio faz a grafia do contorno do corpo vivo inscrito na história. O desejo oscila entre sufixos e advérbios ao ritmo do esquecimento, entre guarani e castelhano, modelado por "marafos afros duros brasileños". O mundo da linguagem é o caminho do delírio e da dúvida. Somente a morte está acima e sobre a dúvida. Entre as línguas se afirma uma oscilação na qual uma é o erro da outra. Efeito impertinente do deslocamento entre sentidos em que flutua uma perturbação da identidade e do tempo.

De Juó Bananère a Wilson Bueno, do "dialeto macarrônico" dos anos vinte ao "portuñol atravesado de guaraní" dos anos noventa, é possível traçar a fértil história de uma mutação da língua desde o interior do Estado expansivo que recebe as migrações e suas mesclas às convivências das zonas de fronteiras interiores. A marca destas mesclas aberrantes resulta ser o humor das misérias cotidianas encarnadas nos deslizes dos idiomas.

Desdobramentos biográficos, avatares da memória vertiginosa fugidia da língua materna permitem a construção de fábulas poéticas, na qual biografia e migração selam a confissão de uma paixão inventiva de trajetos ecológicos, espaços e povoados que fazem do eu entre-línguas uma "consciência da minorização". Potência amorosa em que todo movimento de massas se confunde com a massa dos átomos. Em que extensão e intensidade se dobram na vertigem da linguagem.

Tradução de Bernarda Acosta

Luiz Carlos Pinto Bueno e Wilson Bueno.
Foto: Arquivo do escritor.

A SUBVERSÃO DAS ADUANAS

Reynaldo Jiménez

mucho abaixo de la línea do silêncio

Na contiguidade das experiências; nas entrezonas da perplexidade ou da dor, do afã ou do gozo, da evasão ou da hiperconsciência; na interconexão dos extremos aparentes, as faíscas que as palavras tiram umas das outras, as línguas cruzadas, o intercâmbio de propósitos e despropósitos que os respectivos imaginários que cada língua guarda ou alimenta, e, por sua vez, abrigam. Na concêntrica trama das analogias e da representação do universo interno, das melopéias da consciência e dos patamares de consciência simultâneos que habitam a memória humana, a poesia expõe-se enquanto investigação de outras músicas e outras representações, outros abstratos ou concretos da letra e através dela.

— las palavras, todas las palabras sueltas en el viento poniente — serán menos, siempre menos do que el martirizado adverbio inscrito en la historia.

Wilson Bueno, poeta vivo em Curitiba, resplandece por esse abandono dos gêneros que faz de sua poética algo mais do que a encenação de uma teoria, também diversa de qualquer (di)gestão literária. O desdobramento de seu estilo, em todo caso, também diz respeito à sujeição a determinadas fronteiras que, no microcósmico, seriam de natureza idiomática, mas, no macro, de carácter político, étnico, militar, econômico, cultural, cultual. A pontualidade com que seu livro *Mar Paraguayo* explora, e faz explodir, com minimal tenacidade, as alternâncias de umas falas-*hablas*, permite o ressurgimento de uma insubmissão ancestral: a do poeta ante os fatos, ante o dado, inclusive ante suas próprias ferramentas — na aparência tão frágeis quanto o próprio cantar que lhes dá vida e sentido. É que este poetizar é preciso ao desmentir o real: o real entendido: o real entendido em um recorte.

—ali donde pulsa esto sintoma, más que malestar, apelidado por la gente con lo etranho nombre de alegria. Ya no sê tambíén se en ela vive la felicidad — abismado sentimiento hecho por el terror de lo êxtase, la renunciación, assunciones y el canto-coral con que la gardênia impuso a el jardin esto aire selvagem y en desassossego.

Pois de cantares se trata, não de enredos decifráveis à primeira vista ou trás a cifra do código capturado. Se trata, em *Mar Paraguayo*, de uma poesia que não apela ao reconhecimento do poema, na hora marcada do pacto fixado no ponto médio ou midiático; mas também trata (tenta, indaga o relegado e lateral) uma narrativa que não abre mão de sua originária luminosidade mítica. O relato da origem é uma tragédia, isto é, a grande explosão: o encontro entre dois diversos. Os personagens deste relato se encontram como os gêneros entre si: terceira e quarta leituras, dimensões da experiência, que nunca deixam de se entrelaçar. Talvez o esclarecimento consumatório da aventura não importe mais quanto a energética própria da aventura: talvez desta sorte pudesse introduzir-se uma vez mais aquela noção ou suspeita de uma épica da percepção, de uma exploração do espírito coletivo na exploração simultânea das conotações e sua incógnita.

el alma-palabra convertida en párraro: estos vuelos, mis cardinales

Wilson surge de uma tradição antiga, ramificada, proliferante, que aprofunda raízes no futuro, ou seja, no desconhecido. Mas aqui vale tolerar a absoluta carência absoluta de imagens, já que esse futuro (esta sintaxe combinatória assomando-se a seus devires) é o passado remoto que engole seu círculo. Alí o poeta não tem um destino meramente pessoal, pois na voz (por mais escrita que seja) está implicada a vinculação com todos e em toda parte. *Mar Paraguayo*: sincretismo que, criando espaço (para outras dimensões da sensibilidade: do verbal), torna a escrita um campo propício à polivalência (sua polirritmia). Escrita: aventura.

Esto, esto todo asi, esto regalo que más vos faço, a ustedes que me lêem como quien secretamente se posta ante la fresta de una puerta cerrada.

Não seria possível estabelecer coordenadas ou padrões de leitura para livros como *Mar Paraguayo*. Aqui o abraço oceânico (que descreve) é uma ínsula. E é fortuna topar-se com esta poesia que, nascida para a insubmissão admite (estimula), também, a lava vulcânica da leitura na entrelinha. Essa entrelinha, subtexto, contexto, desterritorializa e apazigua e ao mesmo tempo entusiasma: condição expansiva da *língua poética* (que pode assimilar em seu seio, em seu magma, o recurso à possibilidade poética latente nesse lance móvel, a contiguidade das linguas regionais). Sem outra medida que não seja a de sua própria respiração, transformadora dos significados à luz da subversão das aduanas, atravessa-se também o artístico enquanto finalidade ou destino da escrita, mas justamente por propor-se o preciso em sua arte. A invenção é novamente o mito desdobrando-se serpe da palavra. Viver o mito: prestar atenção à aventura da linguagem: ouvir as vozes do que está escrito enquanto formas de energia (genesíaca, coletiva). Ultrapassar limites não implicaria apenas combatê-los; aqui seria mais esquecer os mapas do que de substituí-los. Wilson Bueno, com este livro que salta do espelho-tempo linear das constatações para roçar o *kairós* (que é a aventura), rompe com a solenidade da experiência literária. Por pura presença, desreflete. Estilhaça as identidades. A poesia, devolvida à *fabla*, se renova na vastidão arcaica e se abre pensamento encantatório:

como el antiquíssimo anúncio de que vivir es una cosa assombrosa

Tradução de Douglas Diegues

PARANALUMEN

Andés Sjens

— Uma vez puso dôs inglêses nocaute en la calhe! Passavam e mi dabam encontrones todavia! Yo me fué arrabiando e exclame: — animales! Hijos de puêta! Se volvieram luego diez ou dôce! Mas antes de fechar el tiempo, dê al primeiro uno swing en la nariz, al segundo um chochet en la padaria. Fuemos todos parar en el pau. Se reia de mi muque el jefe de polizia! E mi invitó para instrutor de box de su famijia!

Oswald de Andrade, Os antropófagos.

No por nada Paraná — la ciudad (argentina), el estado (brasilero), pero antes, mucho antes, desde su enmarañada raíz tupi-guaraní, el río: el río que irrumpe, justamente, al noroeste de Río y que se vuelve dos veces fluida frontera (paraguayo-brasilera, paraguayo-argentina) antes de venir a arrojarse, a pleno sur, en la desembocadura de la Plata — comarca "la poesía del prosador" (Bonvicino) Wilson Bueno. No por nada: como si algo, de veras fluyente, se jugara y/o conjugara en el líquido vaivén de tal meridiana y meridional co-marca. Algo, sí, ya se deja ver, ¿y olfatear?, de entrada, no enteramente absurdo y, con todo, casi insignificante.

Tiempo ha, compelido por un par de fluviales editores de filosófico filo, caí en trance de traslucir un texto "francés" de un (des)conocido escritor comarcano que, en uno de sus pasajes *cumbre*, se da a leer, precisamente, datado: febrero de 1986, tal "singular "experiencia a orillas del Paraná".[1*] Paraná, antes de Rosario, precísase, en el borde meridional del río, suerte de *rive gauche* latinoamericana, tal como Raul Bopp hablara de COBRA NORATO (1931) cual *Nheengatu* (leyenda, relato) *da margen esquerda do Amazonas*. Experiencia del "antes" de la Historia (europea) en escritura; un *antes* de antes del "después" (de la Conquista), *antes* sin futuro occidental, sin "presente" (griego) y, aumenta la precisión, su nombre, ahí, marcado: *Alturas de Macchu Picchu*. Doutro canto, bueno, doutro lado do Paraná, pela banda dos nortes, é preciso nomear-os?, ao menos imenso MACUNAÍMA (1928) e, sobretudo, escrito na terra pelo pato pajé do velhonovo relato, COBRA NORATO, correnteza, pororoca e rabo dáguas prévias, quentes.

MAR PARAGUAYO, por tanto, i desde antes da su primera publicancia (1992), está não, mire veja, nim numa nim notra margen del río: *mistura* diz Perlonguer en su gustosa *Sopa paraguaia*; *paraîpïté*, Wilson Bueno no MAR míssimo. E que é que este poemático relato "es" o rio, o río cabalgándose asimismo, oh grande mar-río-tupi-guaraní (*paraná* menta, no guaraní

[1*] "Atópicos", "etc." e "indios espirituales", in Patricio Marchant, *Escritura y temblor*, Cuarto propio, Santiago, 2000. Según anotician a pie de página los editores, el 'original' en castellano "no se pudo hallar".

elucidario, la profusión dáguas, el mar de río, do rio compenetrado do mar, do río-mar; assim, no nordeste, Pernambuco y Paraíba — ay liana da Liliana miña, seu nome: ayahuasca), MAR PARAGUAYO, digo, cabalga numa anticipancia que, tal otras, puntea persistente la urdiembre marafônica de Wilson Bueno. MEU TIO ROSENO, A CAVALO (2000), junto con afinar desdel nombre et insólitamente a digestião da acaso mais alta cumbre que divide as águas doutro canto, da banda dos secanos nortes (Guimarães Rosa), MEU TIO, redigo, retoma a "familiar" estória nel preciso punto onde la deixa o MAR, isto é: nela puntada em que una y otra orilla já non distinguen-se máis, ahorcajadas nella telaraña das treis (sem) fronteras. Más que en las *márgens da alegría* roseanerudiana, entõnces, antes biem: *A terceira margen do rio* (PRIMEIRAS ESTÓRIAS, 1962) que, toda estancia, irrestrictamente, anda en todas y non rosenanda por parte alguna — brioso, ô rio.

Desde la orilla meridional, Neruda aviénese adjetivo en MAR PARAGUAYO — un adjetivo, con todo, y con el tupi-guaraní por compañero, *esencial*. Neruda, un cierto Neruda: al menos el de los derrames de VEINTE POEMAS DE AMOR (1924) y el memorioso, el de CONFIESO QUE HE VIVIDO (1974), convocado expresamente por la marafónica *hubris* de Guaratuba, "yo", con todas sus letras, en el relato. Tal relato de Neruda: el de la "inflación del yo", según el cuño de Enrique Lihn; el del romántico o "neorromántico latinoamericano" — y el del macho (anciano o no): su suicidaria mortandad, datada y a ratos, también, esencial, como todo romanticismo, latinoamericano o no, interminable: "" el guarani es tan essencial en neste relato quanto el vuelo del párraro, lo cisco en la ventana, los arrulhos del português ô los derramados nerudas en cascata num só suicídio de palabras anchas "" (*Notícia*). (Neruda y Mallarmé, Elliot, Rilke, García Márquez y, entre otros, cante marrafo a las cinco de la tarde, Lorca, en relación o relato). Y si hay más de un Neruda, si "Neruda" —su cadáver o restos, su, textual, *corpus*— no es totalizable, y si hay más que el Neruda de la orilla meridional, el del "antes" del "después" de la Historia, el otro, entonces, o al menos otro, este entre otros: su destino nordestino enamoradizo e ínfimo edípico. Si tal, aperrado Brinks', e incluso si no hay tal: Wilson Bueno, <u>entre uno y otro</u>, deseoso marino entre el antes del "antes" y el después del "después". Entre una y otra vez: Paraná: *pará* de náufragos deseos sin límite ni frontera — *poemarafo*.

(Hay un poema de *Pequeño Tratado de Brinquedos* (1996), de W. B., que a menudo él se complace en citar:

>eu e a minha mestra
>saímos caçar cepilhos
>só colhemos grilos
>tarde voltamos com fome
>jantamos os nossos nomes). (Anônimo).

Quer dizer: nel medio das águas, no río, extremamente nevegado e fumaza, mas nunca con la hipocresia pálida das señoras fechándose en sus lutos y deseos de amar guardados nas plagiaras cristaleras, mar & afonía bebida como se van las botellas náufragas con un mensajens dentro: montro-o, o duplo "o" desse osso marinho, y/o moroso resto, monstruosidade que no tem quê mostrar sino, nada que nada, o mostrar mostrándose asimismo, ostra dentro. Su anônimo nombre nel MAR: *Água lume* — monstruo marino et aéreo capaz de volar a considerábles altitudes e retornar, intacto, al fundo das águas, assim que se precipite a noite do grande mar. Lagualumbre, vagalumen i aqualux, interviene en traduxo tãomente dum zoo de signos a outro, e incluso aquím, franca luso-resplandecente co-marca, en JARDIM ZOOLÓGICO (1999):

> Il ya des récits qui témoignent que dans des nuits cauchemardesques — nuits vieilles aujourd'hui de plus de cinq siècles — les matelots, en rêvant à haute voix, déliraient, en appelant sans cesse, dès leurs litières, l'Ôlumen, telle merveille: "ô merveille", "ô *mer*veille", "ô mer*veille*"...

Santiago, febrero-marzo del 2001.

Wilson Bueno e Paulo Leminski.
Foto: Arquivo do escritor.

BIBLIOGRAFIA

I - OBRAS DE WILSON BUENO

Bolero's Bar. 2. Curitiba: Criar Edições: 1984.

Manual de zoofilia. Florianópolis: Noa Noa, 1991.

Ojos de água. El Territorio, 1992.

Mar Paraguayo. São Paulo: Secretaria de Cultura Estado do Paraná; Iluminuras, 1992.

Cristal. São Paulo, Siciliano, 1995.

Pequeno tratado de brinquedos. São Paulo: Iluminuras, 1996.

Mar Paraguayo [Fragmento]. *Medusario: Mostra de poesia latino-americana*. Organização de José Kozer, Roberto Echavarren e Jacobo Sefamí. México: Fondo de Cultura Económica, México, 1996.

Manual de zoofilia. Ponta Grossa, PR: Editora da Universidade Estadual de Ponta Grossa, 1997.

Jardim zoológico. São Paulo, Iluminuras, 1999.

Os chuvosos. Curitiba: Tigre do Espelho, 1999.

Meu tio Roseno, a cavalo. São Paulo: Editora 34, 2000.

Mar Paraguayo. Santiago: Intemperie, 2001. 2ª. Ed.

"Colectivo de Autores". *Once Poetas Brasileños*. Ediciones Cetrería, Havana/Cuba, 2003.

Amar-te a *ti nem sei se com carícias*. São Paulo: Planeta, 2004.

Mar Paraguayo. Buenos Aires: tsé-tsé, 2005. 3ª. Ed.

Cachorros do céu. São Paulo, Planeta, 2005.

Mar Paraguayo. Prefácio de Eduardo Milán. México: Toluca: Bonobos; CONACULTURA; FONCA, 2006. 4ª. Ed.

A copista de Kafka. São Paulo: Planeta, 2007. 2ª. Ed.

Bolero's Bar. Ed. Curitiba: Travessa dos Editores, 2007. 2ª. Ed.

Os chuvosos. São Paulo: Lumme, 2007. 2ª. Ed.

Os chuvosos. Buenos Aires: Eloísa Cartonera, 2007. 3ª. Ed.

Diário Vagau. Curitiba: Travessa dos Editores, 2007.

Pincel de Kyoto. São Paulo: Editora Lumme, 2007.

Canoa Canoa. Córdoba: Prólogo de Roberto Echevarrén. Córdoba: Editorial Babel, 2009. [Original + Tradução de Frederico Racca]

O Gato Peludo e o Rato-de-Sobretudo. Florianópolis: Katarina Kartonera, 2009.

O Gato Peludo e o Rato-de-Sobretudo. Mozambique: Kutsemba Cartão, 2010.

Diario de Frontera. Tradução de Frederico Racca. Córdoba: Babel Editorial, 2010.

Mascate. Pedro Juan Caballero: Yiyi Jambo.2014.

Mano, a Noite Está Velha. São Paulo: Editora Planeta, São Paulo, 2011.

Ilhas. Curitiba: Medusa, Curitiba, 2017.

Novêlas Marafas. Prefacio de Roberto Echevarren. Montevideo: Editorial La Flauta Magica, 2018.

Mar Paraguayo seguido de *Canoa Canoa*. Buenos Aires: Interzona, 2020.

EM TRADUÇÃO

BUENO, Wilson. Chuvosos / Lluviosos. Traducción de Douglas Diegues com colaboración de Cristian De Nápoli e Bernarda Acosta. Buenos Aires: Eloísa Cartonera, 2006.

BUENO, Wilson. Chuvosos / Lluviosos. Traducción de Douglas Diegues com colaboración de Cristian De Nápoli e Bernarda Acosta. Asunción: Yiyi Jambo Cartonera, 2007.

BUENO, Wilson. "The Cat Peludo and The Ratón de Sobretodo". Tradução ao portunhol selvagem de Douglas Diegues. Ilustrações de Fred Acosta Diegues. Asunción: Yiyi Jambo Cartonera, 2009.

Canoa Canoa. Córdoba: Prólogo de Roberto Echevarrén. Córdoba: Editorial Babel, 2009. [Original + Tradução de Frederico Racca].

Flows of Trans-Language. Translating Transgender in the Paraguayan Sea. Essay and Translation by Christopher Larkosh, *TSQ: Transgender Studies Quarterly* Volume 3, Numbers 3-4, November 2016, pp. 552-568.

Paraguayan Sea. Translated by Erín Moure. Brooklyn, NY: Nightboat Books, 2017.

PRODUÇÃO EDITORIAL

Nicolau. Editor: Wilson Bueno. Curitiba: Secretaria de Estado da Cultura do Paraná; Imprensa Oficial do Estado do Paraná. Número 1 (julho de 1987) ao número 55 (outubro de 1994).

II – SOBRE WILSON BUENO

ANDERMANN, Jens. Abismos del tercer espacio: *Mar Paraguayo*, portuñol salvaje y el fin de la utopía letrada. *Pensamiento de los confines*, v. 26, p. 149-157, invierno-primavera 2010.

ANTUNES. Primeira e segunda abas. Em. BUENO, Wilson. *Jardim Zoológico*. São Paulo: Iluminuras, 1991.

BITTENCOURT, Rita Lenira de Freitas. O espaço negociado: Mascate, Wilson Bueno. Disponível: https://abralic.org.br/anais/arquivos/2016_1491521928.pdf

CANESE, Jorge. "Paraguai: erro geográfico". *Nicolau*, Ano 1, nº 6, 1987, p. 17.

CASTELO, José. Wilson Bueno e a arte da diferença. Jornal Rascunho. Disponível em https://rascunho.com.br/noticias/wilson-bueno-e-a-arte-da-diferenca/

DIEGUES, Bernarda Acosta. *Escritura e Oralidade em Mar Paraguayo*. Dissertação de Mestrado, UFMS, Três Lagoas, 2007.

ESTEVES, Antônio Roberto. Tradición y ruptura: palimpsestos (Una lectura de *Mar Paraguayo*, de Wilson Bueno). In: CRESPO BUITURÓN, Marcela et al. *Nuevas lecturas sobre marginalidad, canon y poder en el discurso literario.* Buenos Aires: Universidad del Salvador, 2015.

FAVARO, Celso Hernandes. *Vozes, labirintos, alegorias: Mar Paraguayo, de Wilson Bueno.* 2006. 128 f. Dissertação (Mestrado em Letras) – Universidade Federal de Mato Grosso do Sul / Câmpus de Três Lagoas

FLORENTINO, Nadia N. L. *Entre gêneros e fronteiras: uma leitura de* Mar Paraguayo, *de Wilson Bueno.* Assis 2016. Tese. (Doutorado em Literatura e Vida Social- UNESP)

GASPARINI, Pablo (2004). Hacia la subversión geográfica: Mar Paraguayo de Wilson Bueno. In: III Congresso Brasileiro de Hispanistas, 2004, São Paulo. Hispanismo 2004. Literatura Hispano-americana.. Florianópolis: UFC. p. 317-327.

JIMÉNEZ, Reylnaldo. La subverción de las aduanas. In: BUENO, Wilson. *Mar Paraguayo.* Buenos Aires: tsé-tsé, 2005. p. 69-73.

LEMINISKI, Paulo. Bueno's Blues Band & Seus Boleros Ambíguos. In: BUENO, Wilson. *Bolero's Bar.* 2.ed. Curitiba: Travessa dos editores, 2007.

LOPES, Rodrigo Garcia. "Com quantos paus se faz um Nicolau". Cândido. Jornal da Biblioteca Pública do Paraná, n. 34, maio 2014, disponível online: <https://www.bpp.pr.gov.br/Candido/Pagina/Especial-Nicolau-Com-quantos-paus-se-faz-um-Nicolau>.

MACIEL, Maria Esther. "Imagens zoológicas na América Latina". In: CHAVES, Rita e MACEDO, Tânia (orgs.). Literaturas em movimento: hibridismo cultural e exercício crítico. São Paulo: Arte e Ciência, 2003.

MANFREDINI, Luiz. *A pulsão pela escrita*. Curitiba: Editora Ipê Amarelo, 2020.

MIRISOLA, Marcelo. Wilson Bueno não valia 130 reais. Disponível em <http://congressoemfoco.uol.com.br/opiniao/colunistas/wilson-bueno-nao-valia-r-130>.

MOURE, Erin. El riesgo está inscrito en la estructura: traducir a Wilson Bueno del Sur al Norte. <Disponível em http://escriturasamericanas.cl/revista/revista02/203_el_riesgo.pdf>.

NUNES, Benedito. Primeira e segunda abas. In: BUENO, Wilson. *Meu tio Roseno, a cavalo*. São Paulo: Editora 34, 2000.

OLIVEIRA, Eduardo Jorge. Wilson Bueno: Jorge Luis Borges: Tigres. *Suplemento Literário de Minas Gerais*, no 1332, set./out. 2010, p. 32-35.

PORTILLO, Diego Emanuel Damasceno. Uma poética desterritorializada em Mar paraguayo. Dissertação de Mestrado. UFPR. Curitiba, PR.

RUIZ, Alice. Primeira e segunda abas. In: BUENO, Wilson. *Pequeno tratado de brinquedos*. São Paulo: Iluminuras, 1996.

RAYNOR, Cecily. *Latin American Literature at the Millennium*. New Brunswick, NJ: Rutgers University Press, 2021.

SALOMON, Gleuza. Paradigmas do Nome do Pai em Nomes do Pai em *Mar Paraguayo*. Revista Zunái. Disponível: <http://www.revistazunai.com/ensaios/gleuza_salomon_wilson_bueno.htm>

SANTOS, Rosana Cristina Zanelatto. Las (des) aventuras de la heroína de Guaratuba em *Mar Paraguayo*, de Wilson Bueno. In: *Fórum de Literatura Brasileira Contemporânea* - Rio de Janeiro:

UFRJ, 2014. Disponível em <http://www.forumdeliteratura.com.br/artigos/artigos-12- edicao/209-las-des-aventuras-de-la--heroina-de-guaratuba-em-mar-paraguayo-de-wilson- bueno Acesso em 27 abr. 2016>.

SOUZA, Sabryna lana de. *Wilson Bueno e a poética do portunhol em* Mar Paraguayo: *añaretã, añaretãmeguá.* 2015. 104 f. Dissertação (Mestrado em Letras) – Universidade Federal de Juiz de Fora.

VAZ, Valteir N. *Hibridismo e semiesfera em* Mar Paraguayo *e* Mascate *de Wilson Bueno.* Tese. São Paulo: FFLCH/USP, 2017.

YAMAMOTO, Cícera Rosa Segredo. *Tradição e modernidade. Os tankas na poética de Wilson Bueno.* 2012. 106 f. Dissertação (Mestrado em Letras) – Universidade Federal de Mato Grosso do Sul / Câmpus de Três Lagoas.

ZUNÁI. *Revista Zunái.* Especial Wilson Bueno, v. 4, n. 1, ago. 2018 (on-line).

ENCENAÇÕES, ADAPTAÇÕES E AUDIOVISUAL

Mar Paraguayo. Curta-metragem. Ficção. Som. 16mm. COR. 28 minutos. Direção e roteiro: Nivaldo Lopes. Com Letícia Guimarães. Participação especial de Perla. 2004. Sinopse: "Texto-poema de uma morte anunciada. Uma velha sortista e prostituta paraguaia que vive no balneário de Guaratuba narra sua trajetória de vida e cultura guarani, num misto de depoimento, confissão e negação da morte 'del viejo' amante e companheiro de solidão." Disponível em <https://vimeo.com/30557425?login=true#>.

Encontros de Interrogação. Wilson Bueno. São Paulo: Itaú Cultural, 2004. Vídeo. Realização: Itaú Cultural. Com Wilson Bueno. O escritor Wilson Bueno fala sobre o que é sua literatura e sobre sua relação com o leitor. Ao término, lê "O Irús", do livro *Jardim Zoológico*. Depoimento gravado durante o Encontros de Interrogação, em novembro de 2004, no Itaú Cultural, em São Paulo/SP. <https://www.youtube.com/watch?v=4iumWSUocmI>.

Paranã. Textos de Dalton Trevisan, Domingos Pellegrini e Wilson Bueno. Direção Nadja Naira, Nena Inoue e Rafael Camargo. Elenco: Silvia Monteiro, Ricardo Nolasco, Nena Inoue e Rafael Camargo. Estreia e temporada no Teatro Novelas Curitibanas, agosto de 2015. "Com *Mar Paraguayo*, do escritor Wilson Bueno, surge o ineditismo de levar ao palco a provocação da literatura que transpõe suas próprias fronteiras. No fluxo de pensamento da protagonista, a mescla do portunhol e do guarani busca borrar todas as fronteiras." (fonte: Prefeitura de Curitiba. Disponível em <https://www.curitiba.pr.gov.br/noticias/peca-parana-estreia-no-teatro-novelas-curitibanas/37179>

Pinheiros e Precipícios. Dramaturgia: Francisco Mallmann. Encenação: Ricardo Nolasco. Elenco: Claudete Pereira Jorge, Jeff Bastos, Leonarda Glück, Patricia Saravy, Simone Magalhães e Stéfano Belo. Festival de Curitiba – Mostra Wilson Bueno – março de 2016. "*Pinheiros e Precipícios*, um canto in progress contra a intolerância e a caretice, tendo como inspiração a obra de Wilson Bueno. Uma ocupação do Teatro Zé Maria, produzida de forma independente e a preços populares em um momento que sinaliza tempos difíceis para a arte". Divulgação: <https://www.facebook.com/profile.php?id=100065473689584>

SOBRE O AUTOR

Wilson Bueno nasceu em 13 de março de 1949, em Jaguapitã, interior do Paraná, mas foi criado em Curitiba, onde começou a escrever e a publicar seus primeiros textos. Poeta, escritor, cronista, jornalista, publicou mais de 16 livros em quarenta anos de trabalho literário. Aos 16 anos foi contratado pelo jornal *Gazeta do Povo*, da capital paranaense. Aos 18 anos, muda-se para o Rio de Janeiro, mas continua a escrever crônicas para o jornal de Curitiba. Aos 23 anos, começa a trabalhar na Rádio Globo, onde foi chefe da redação, depois passa a trabalhar no jornal *O Globo*, e ainda encontra tempo para fundar um suplemento, na *Tribuna da Imprensa*, em meio ao horror dos anos Médici, como ele dizia, único espaço contra a ditadura militar em um jornal de circulação diária. Voltando a Curitiba, monta, com o poeta Reynaldo Jardim, o jornal *Curitiba Shopping*, que edita do 3º ao 79º número. Foi assessor de imprensa do Teatro Guaíra. A convite de Sergio Vieira Chapelin, trabalha no SBT, e se muda novamente para o Rio de Janeiro. Quando Chapelin volta para a Globo, Bueno regressa a Curitiba. Trabalha no *Jornal do Brasil*, na revista *Idéias*, assina crônicas dominicais no jornal *O Estado de São Paulo* e colabora com regularidade no caderno cultural do mesmo jornal. Na internet, colaborou com a revista *Trópico*, do site UOL. Foi editor do glorioso *Nicolau*, tabloide cultural publicado pela Imprensa Oficial do Estado do Paraná, que circulou gratuitamente em todo o Brasil e em outros países, recebendo prêmio em São Paulo, da APCA, e em Nova York, prêmio IWA, concedido pela International Writers Association, como melhor jornal cultural do Brasil. Publicou crônicas semanais também no já extinto *Correio de Notícias*, de Curitiba, durante vários anos, e em jornais de outras cidades do Paraná, como *Folha de Londrina*. Atualmente sua obra é estudada por especialistas em relevantes universidades brasileiras e do exterior. Seu primeiro livro, *Bolero's Bar*, uma coletânea de contos, crônicas e pastiches, de 1986, tem apresentação assinada pelo poeta Paulo Leminski. Em 1989, Wilson Bueno recebeu da União Brasileira dos Escritores o prêmio de Personalidade Cultural Brasileira, segundo Bueno, concedido graças ao seu trabalho no *Nicolau*. Outro prêmio foi o troféu Parahyba, um dos mais importantes e tradicionais do nordeste. Em 1991, publica *Manual de Zoofilia*, em edição artesanal, de pequena tiragem, sob os cuidados do poeta tipógrafo Cleber Teixeira, da Editora Noa Noa, de Santa Catarina. Em 1992, publica a novela *Mar Paraguayo*, aos cuidados de Samuel Leon, da Editora Iluminuras, uma obra que também expandiu as geografias linguísticas da literatura brasileira, e teve reconhecimento nacional e internacional.

Em 2007, *A Copista de Kafka*, e em 2011, *Mano, a Noite Está Velha*, foram premiados pela APCA. No dia 31 de maio de 2010, ocorre a trágica morte de Wilson Bueno: crime de latrocínio (assassinato seguido de roubo) cometido por um garoto de programa, réu confesso, que respondeu ao processo encarcerado. O Tribunal do Júri reconheceu a culpa imputada ao réu quanto ao homicídio, porém o mesmo foi absolvido — o que gerou indignação entre familiares e amigos, além da suspeita de homofobia no julgamento.

Lançamento de *Mar Paraguayo*.
Da direita para a esquerda:
Pai de Wilson – Valdomiro Pinto Bueno, Mãe de Wilson – Maria Aparecida Bueno, João Santana, Carlos Fernando Mazza jornalista e amigo, abraçada com Wilson Bueno, esposa de Carlos F. Mazza, Maria Helena. Por último, amiga de Wilson Bueno, nome não indentificado.
Foto: Arquivo do escritor.

CADASTRO
ILUMI/URAS

Para receber informações
sobre nossos lançamentos e
promoções envie e-mail para:

cadastro@iluminuras.com.br

A *Iluminuras* dedica suas publicações à memória de sua sócia Beatriz Costa [1957-2020] e a seu pai Alcides Jorge Costa [1925-2016].